BASTEI
LÜBBE

Taschenbücher von DAVID GOODIS
im BASTEI-LÜBBE-Programm:

19 109 Der Mond in der Gosse
19 113 Nightfall (Die Nacht bricht an)
19 126 Dark Passage (Die schwarze Natter)
19 131 Straße der Barbaren
13 245 Straße ohne Wiederkehr

David Goodis

AM ENDE DER NACHT

Mit einem Nachwort und einer ausgewählten Filmographie von André Simonoviescz

Ins Deutsche übertragen von Reinhard Rohn

Schwarze SERIE

BASTEI LÜBBE

BASTEI-LÜBBE-TASCHENBUCH
Schwarze Serie
Band 19 147

Erste Auflage: Oktober 1990

Deutsche Lizenzausgabe 1990
Bastei-Verlag Gustav H. Lübbe GmbH & Co., Bergisch Gladbach

Originaltitel: The Burglar
Lektorat: René Strien
Titelillustration: Achim Bock
Umschlaggestaltung: Quadro Grafik, Bensberg
Satz: VID Verlags- und Industriedrucke GmbH & Co. KG,
Villingen-Schwenningen
Druck und Verarbeitung:
Clausen & Bosse, Leck
Printed in Germany
ISBN 3-404-19147-1

1

Um drei Uhr morgens war es in dieser Gegend totenstill, die Fenster der Villa waren dunkel, und die Villa selbst stand ernst und purpurn gegen das mondbeschienene, samtweiche Grün des sanft abfallenden Rasens. Das dunkle Purpur war das Ziel, und Nathaniel Harbin war das Geschoß; er saß hinter dem Steuer eines Wagens, der auf einer großen, sauberen Straße geparkt war, die von der Villa in Richtung Norden führte. Er hatte eine nicht angezündete Zigarette im Mund, und auf seinem Schoß lag ein Stück Papier, auf dem die Skizze für den Einbruch aufgezeichnet war. Der Plan beschrieb den Weg zur Villa, in das Gebäude hinein und durch die geräumige Bibliothek zum Wandsafe, wo sich die Smaragde befanden.

In dem geparkten Wagen saß Harbin mit seinen drei Gefährten. Zwei waren Männer, die dritte war ein blondes, mageres Mädchen, Anfang Zwanzig. Sie saßen da und starrten zur Villa hinüber. Es gab nichts zu sagen und wenig zu denken, denn die Villa war gründlich ausgespäht, und der Plan war immer wieder durchgegangen und überarbeitet worden, jeder Schritt war auf die Sekunde getimt, und die Sache war so lange durchgesprochen und geprobt worden, bis ihr Plan so gut war, daß der Einbruch wie ein Kinderspiel aussah. Harbin sagte sich, daß das Ding ein Kinderspiel war; für eine Weile gab er sich diesem Gedanken hin, dann biß er hart auf seine Zigarette und sagte sich, daß nichts auf der Welt ein Kinderspiel war. Der Einbruch würde risikoreich werden, er könnte sich tatsächlich als das kühnste Ding herausstellen, das sie jemals unternommen hatten.

Zweifellos war es die größte Beute, die sie jemals ins Visier genommen hatten, und es war diese Art große Beute, in der die größte Gefahr lag. Harbins Gedanken trieben bis hierher und nicht weiter. Er neigte dazu, seine Gedanken zu bremsen, sobald sein Verstand anfing, sich mit einer Gefahr zu beschäftigen.

Harbin war vierunddreißig; in den zurückliegenden achtzehn Jahren war er ein Einbrecher gewesen. Nie hatte man ihn gefaßt, und trotz der ständigen Gefahr war er niemals wirklich in die Enge geraten. Die Art, wie er vorging, war ruhig und langsam, sehr langsam, immer unbewaffnet und immer äußerst geschickt, ohne zu wissen oder sich darum zu kümmern, daß es äußerst geschickt war, und immer sehr präzise bei allem und immer sehr, sehr unglücklich bei allem.

Sein Mangel an Glück zeigte sich in seinen Augen. Er hatte graue Augen, die fast nie leuchteten, stumpfe Augen, die aussahen, als litte er still an etwas. Er war ein recht gut aussehender Mann von mittlerer Größe und mittlerem Gewicht. Sein Haar hatte die Farbe von reifem Weizen, war auf einer Seite gescheitelt und streng über den Kopf gekämmt. Seine Art, sich zu kleiden, war adrett und unauffällig; er hatte eine sanfte, leise Stimme, die so gedämpft wirkte wie seine Augen. Sehr selten erhob er seine Stimme, nicht einmal wenn er lachte, und er lachte nicht oft.

In dieser Hinsicht glich er Baylock, der neben ihm auf dem Beifahrersitz saß. Baylock war ein kleiner, sehr dünner Mann, Mitte Vierzig. Er wurde allmählich kahl, seine Sorgen und seine Schwarzmalerei ließen ihn schnell altern, und er wurde immer kränker wegen Leberproblemen und weil er kaum aß und schlief. Baylock hatte schlechte Augen, die er oft zukniff, und kleine, knochige Hände, die er sich ständig rieb aus

Sorge und aus Erinnerung an die vielen Jahre, die er im Gefängnis gesessen hatte. Baylock hatte für eine seinem Empfinden nach sehr lange Zeit im Gefängnis gesessen, und bei bestimmten Gelegenheiten sprach er über das Gefängnis und sagte, wie schrecklich es sei, und behauptete, daß er lieber tot und begraben sein wollte als noch einmal im Gefängnis. Die meiste Zeit über war Baylock ein Langweiler, und manchmal konnte er einem auf die Nerven gehen; in bestimmten Zeiten wurde er schier unerträglich.

Harbin konnte sich an bestimmte Momente erinnern, als er die Nase von Baylock voll gehabt hatte; er hatte genug gehabt von seinem ständigen Genörgel und Gejammer, von seiner ewigen Schwarzmalerei, die wie ein tropfender Wasserhahn war und einem immer und immer wieder auf die Nerven ging, bis man nur noch eines tun konnte: Baylock einfach stehenlassen und abhauen, bis er müde wurde, sich selbst reden zu hören. Baylock brauchte immer eine ganze Weile, bis er sich selbst nicht mehr hören konnte, und doch war Baylock während eines Einbruchs absolut zuverlässig, und auch danach war er nützlich, weil er den Wert einer Beute abschätzen konnte, aber vor allem war er von Nutzen, weil alle seine Beweggründe und all sein Handeln stets offen zur Schau lagen.

Harbin erkannte und schätzte diesen seltenen Charakterzug in Baylock, ebenso wie die anderen, die beiden im Fond des Wagens, das Mädchen und Dohmer. Zwar zeigte Dohmer Baylock gegenüber gelegentlich eine ziemlich starke Feindseligkeit, aber das war lediglich vorübergehend; sie entstand, brodelte hoch, kam zum Ausbruch und erlosch wieder. Dohmer war ein großer, schwergewichtiger Holländer, beinahe vierzig, mit einer fleischigen Nase, einem kräftigen Nacken und einem schwachen Verstand. Sein Verstand versuchte niemals, etwas zu vollbringen, von dem er wußte, daß er es nicht schaffen würde, und daher war Dohmer für Harbin genauso nützlich wie Baylock. Dohmer war ziemlich unbeweglich, er durfte auch niemals im Innern eines Hauses arbeiten, aber draußen funktionierte er als Aufpasser außerordentlich gut, und in Bedrängnis handelte er mehr oder weniger automatisch, indem er wie ein Netzwerk aus Drähten und Zahnrädern seine Arbeit verrichtete.

Harbin nahm seine Zigarette aus dem Mund, starrte sie an und steckte sie dann wieder zwischen die Lippen. Er wandte seinen Kopf, um Baylock anzuschauen, dann drehte er sich um und blickte Dohmer und das Mädchen an. Das Mädchen, Gladden, blickte zurück, und als sich ihre Augen trafen und den Blick aushielten, gab es einen Moment der Spannung und des Wartens, als wäre der äußerste Punkt, bis zu dem es gehen konnte, dieses Sich-Ansehen und dieses Wissen, daß es niemals weiter als bis dahin gehen konnte. Der Schein einer weit entfernten Straßenlaterne fiel durch das hintere Wagenfenster, flutete herein, um sich auf Gladdens strohblondes Haar zu legen und auf einen Teil ihres Gesichts. Der Lichtschein offenbarte die Züge ihres mageren Gesichts, das Gelb in ihren Augen und die Konturen ihres dünnen Halses. Sie saß da und blickte Harbin an, und er sah, wie mager sie war, der greifbare Beweis ihres geringen Gewichts, und in seinem Verstand sagte er sich, sie wöge Tonnen und aber Tonnen, und das Gewicht hinge an einem Seil um seinen Hals. Er betrachtete diese Last, die Gladden war, versuchte zu lächeln, konnte aber nicht lächeln, denn in diesem Augenblick sah er sie als Last, einzig als eine Last, dann überwand er diesen Moment und sah sie wieder nur als Gladden.

Nur als Gladden war sie ruhig und freundlich, und es war angenehm, sie um sich zu haben. Bei einem Einbruch arbeitete sie völlig mechanisch, verrichtete die Dinge, als würde sie stricken. Stets besorgte sie das Ausspähen, und sie tat es auf eine entspannte, gelöste Art und Weise, die es sehr leicht aussehen ließ, dabei war es schwierig, manchmal schwieriger als der Einbruch selbst. Bei diesem Einbruch, der auf einen Wandsafe mit Smaragden im Wert von hunderttausend Dollar zielte, hatte Gladden sechs Wochen daran gearbeitet, sich mit den Bediensteten gutzustellen, die im Haus arbeiteten. Als die Familie am Wochenende verreist war, war sie unter dem Vorwand, die Bediensteten zu besuchen, ins Haus gelangt, hatte alle Informationen beschafft und sie Harbin, Baylock und Dohmer gebracht. All das tat sie nach einem genauen Plan, ihre Anweisungen bekam sie von Harbin; sie stellte keine Fragen und befolgte die Anweisungen genau so, wie es festgelegt war. Zurück kam sie mit den Informationen, die sie beschaffen sollte, und dann stand sie wortlos da, während Baylock zu jammern, zu nörgeln und zu klagen begann. Baylock sagte, sie hätte mit mehr Informationen zurückkommen sollen, es gäbe zweifellos mehr Alarmanlagen als die, die sie aufgeführt hatte. Baylock sagte, es wäre ein unbefriedigender Job, etwas auszuspähen, aber dann war er es, der immer seine Seitenhiebe auf Gladden losließ.

Die Seitenhiebe waren nicht persönlich gemeint. Baylock mochte Gladden, und wenn sie keinen Einbruch vorbereiteten, war er ihr gegenüber sehr nett und erwies ihr gelegentlich eine Gefälligkeit. Aber die Einbrüche waren die wichtigsten Momente in seinem Leben, und er sah Gladden als einen Hemmschuh an, ihre Weiblichkeit war eine negative Kraft, die sich gegen den Erfolg ihrer Arbeit richtete, und selbst wenn die Einbrüche glattgingen, war Gladden nur eine Frau, und früher oder später bereiteten einem Frauen Kummer. Daher nahm Baylock Harbin ständig beiseite und hackte auf diesem Thema herum. Gladden war Baylocks größter Anlaß zur Klage, obschon er das niemals offen in ihrer Gegenwart zur Sprache brachte. Er wartete, bis sie nicht da war, und dann fing er wieder an, brachte seine Lieblingsklage vor, erklärte Harbin, daß sie Gladden nicht brauchten, daß sie ihr ein wenig Geld geben und sie wegschicken sollten, dann würde es ihr und ganz sicher ihnen besser gehen.

Harbin tat stets sein Bestes, um das Thema zu wechseln, denn über dieses Thema sprach er nicht gern, er dachte nicht einmal gern darüber nach. Er wußte, er würde Baylock nicht die Gründe klarmachen können, warum sie Gladden behalten mußten. Es waren tiefliegende Gründe, und manchmal, wenn er sie zu erforschen versuchte und sie selbst nicht ganz verstehen konnte, konnte er diese Gründe nur als ungenaue Phänomene in unheimlicher Tiefe treiben sehen; sein Verhältnis zu Gladden schien wahrlich eine seltsame Sache, etwas daran war unnormal, wie ein Rätsel, das vor einen geworfen war, das dort blieb, das nicht ging, das blieb und immer größer wurde. Er war die Sache in unzähligen Nächten durchgegangen, wenn es keinen Schlaf für ihn gab, sondern nur die schwarze Zimmerdecke über ihm da war und der Gedanke an Gladden ein Hammer, der von der Decke hing und auf seinen Verstand einschlug. Es war, als könnte er den Hammer sehen, seinen metallischen Glanz gegen die Dunkelheit des Zimmers, und die Schwünge des Hammers kamen hart gegen ihn und auf ihn. Es war, als wäre er an Händen und Füßen gefesselt und als gäbe es kein Entrinnen. Das Ding war angewachsen, war unverrückbar. Es gab kein Entrinnen vor Gladden.

Während er sie anschaute, ihr Gesicht im Fond des Wagens sah, versuchte er wiederum sie anzulächeln. Er konnte sie nicht anlächeln. Aber dann lächelte sie ihn an. Es war eine Sanftheit in ihrem Lächeln, und doch war es eine Klinge, die durch ihn hindurchfuhr, und er mußte den Kopf abwenden. Er biß auf seine Zigarette und wünschte sich, er könnte sie anzünden, aber sie hatten ihre eigenen Grundsätze über das Anzünden von Streichhölzern während eines Einbruchs. Er verschob die Zigarette in seinem Mund und blickte auf seine Armbanduhr.

Dann wandte er sich an Baylock und sagte: »Ich schätze, wir sind soweit.«

»Hast du das Werkzeug kontrolliert?«

»Das mache ich jetzt«, sagte Harbin, und aus seiner Manteltasche zog er einen kleinen Metallstab, der auch ein Füllfederhalter hätte sein können, drückte auf ein Ende und überprüfte das Licht, das er auf den Boden warf. Aus einer anderen Tasche holte er ein Flanelletui, das mit einem Schnürsenkel zusammengebunden war, wickelte den Schnürsenkel ab, nahm die kleinen Werkzeuge eines nach dem anderen heraus und hielt sie sich dicht vor ein Auge, wobei er das andere zukniff, und überprüfte die feinen Ecken und Kanten der Werkzeuge. Er berührte das glatte Metall mit dem Zeigefinger und schloß dann beide Augen, um sich auf das Gefühl des kalten, ebenmäßigen Metalls zu konzentrieren. Es war klug, die Werkzeuge immer erst kurz vor dem Einbruch zu überprüfen. Harbin hatte vor langer Zeit erfahren, daß Metall ein unberechenbares Element ist, und manchmal wählte es die unangenehmsten Momente, um nachzugeben.

Die Werkzeuge schienen in Ordnung zu sein, er tat sie in das Etui zurück und steckte sie in die Manteltasche. Er blickte wieder auf seine Armbanduhr und sagte: »Okay, haltet die Augen offen.«

»Du gehst jetzt?« fragte Dohmer.

Harbin nickte, öffnete die Tür und stieg aus dem Wagen. Er überquerte die große, schwarze Straße und kam auf den Gehsteig, an den die Blumen auf dem Rasen der Villa grenzten. Als er den Rasen betrat, hielt er auf das Fenster zu, das er ausgewählt hatte. Wieder zog er das Flanelletui aus der Tasche und entnahm ihm das Werkzeug, mit dem man Glas schneiden konnte. Der Glasschneider tat seine Arbeit leise, als Harbin den Hebel umlegte, der die kleine Klinge herausklappen ließ. Schließlich hatte der Glasschneider ein kleines Rechteck herausgeschnitten, das es Harbin ermöglichte, die Finger nach innen zu bringen, um den Fensterriegel zu öffnen. Er schob das Fenster langsam und leise auf. Dann sagte er sich, daß jetzt eigentlich Gladden auftauchen sollte. Ein Geräusch entstand neben ihm, und er wandte sich um und schaute auf Gladden. Sie lächelte ihn an, dann signalisierte eine knappe Geste ihrer rechten Hand, etwa so, als verscheuche sie eine Fliege von ihre Nase, daß Dohmer und Baylock ihre vorherbestimmten Plätze eingenommen hatten. Dohmer war auf der Rückseite des Hauses, er beobachtete die oberen Fenster, um zu sehen, ob und wann dort ein Licht anginge. Baylock war auf dem vorderen Rasen, wo er die Vorderseite und die Seitenfenster übersehen konnte und wo er einen guten Blick auf die Straße und die parkenden Autos hatte. Es war wichtig, die Autos im Auge zu behalten. Die Polizei entlang der Main Line von Philadelphia kannte die meisten Autos in dieser Villengegend und würde jedes Auto kontrollieren, das wie der Wagen eines Fremden aussah.

Harbin deutete mit einem Finger zum Fenster, und

Gladden kletterte hinein. Das Licht von Harbins kleiner Taschenlampe strich unter ihren Arm, als er ihr folgte. Sie nahm die Lampe von ihm entgegen, und er folgte ihr durch den Raum zum Wandsafe. Man hatte keinen Versuch unternommen, ihn zu tarnen. Die Taschenlampe zeigte ihn als ein Quadrat aus getriebenem Messing, in der Mitte ein verziertes Kombinationsschloß. Harbin nickte langsam, und Gladden ging zum Fenster zurück, um sich dort zu postieren, wo sie die Signale von Dohmer und Baylock sehen konnte.

Am Safe warf Harbin wieder einen Blick auf seine Armbanduhr. Dann blickte er auf den Safe, ließ das Kombinationsschloß außer acht und konzentrierte sich auf die Kanten des Messinggevierts. Wieder sah er auf die Armbanduhr und gab sich fünf Minuten für die Außenseite. Er begann auf seiner Zigarette zu kauen, als er das wesentliche Werkzeug aus dem Flanelletui nahm.

Das wesentliche Werkzeug war eine kleine, runde Säge, betrieben von einem Pumpsystem, nach Art einer hypodermatischen Spritze. Die Zähne der Säge fraßen sich durch das Eichenholz, welches das Messinggeviert umgab. Harbin hatte das Gesicht ganz nah am Holz, aber gelegentlich drehte er sich herum, um zu sehen, ob ein grünes Licht von der Wand in der Nähe kam. Das grüne Licht käme von Gladdens Taschenlampe, für den Fall, daß sie sie benutzen mußte. Vermutlich würde er das Signal ohnehin sehen, aber er mußte sicher sein, denn hier würde ihre Lampe nur einen dünnen Strahl aus grünem Licht werfen, und wenn sie nicht genau zielte, würde er es nicht wahrnehmen. Aber wenn das grüne Licht käme, würde es bedeuten, daß Gladden eine Warnung von Dohmer oder Baylock oder von beiden erhalten hatte. Es würde bedeuten, daß Dohmer zu seinem Fenster liefe, um hineinzuklettern und jedem, der die Treppe herunterkam, den Weg zu versperren und seine spezielle Methode anzuwenden, den Störenfried leise, aber nachdrücklich zum Schweigen zu bringen. Oder vielleicht bedeutete es eine Störung von außen, und Dohmer und Baylock wären gezwungen, Köder zu spielen. Es würde einen Haufen Probleme bedeuten, doch Harbin hatte alle denkbaren Varianten genau in seinem Kopf.

Die Säge war mit einer Seite des Gevierts fertig. Sie machte ein Geräusch, als wenn ein Mann aus tiefster Kehle stöhnte. Es war ein typisches Nachtgeräusch, es hätte ein Insekt draußen in der Frühlingsluft sein können. Oder das ferne Geräusch eines Wagens. Es war ein Geräusch, das Harbin viele Male in ihrem Haus ausprobiert hatte. Gladden hatte die Säge unten benutzt, während Harbin mit dem Kopf auf einem Kissen gelegen und angestrengt gelauscht hatte, dann hatte er schließlich alle Bedenken beiseite geworfen und entschieden, daß das Geräusch akzeptabel war. Im Haus probierten sie immer solche Dinge aus; sie übten ständig. Sie haßten dieses ständige Üben, besonders Harbin, aber er war es, der jede Diskussion über dieses Üben im Keim erstickte.

Drei Seiten des Messinggevierts waren gesägt, und er arbeitete an der letzten Seite, als er das grüne Aufflammen wahrnahm. Er drehte sich um und sah das helle grüne Licht aus Gladdens Taschenlampe. Es ging an und aus, wieder an, blieb an, dann folgten drei kurze Lichtstöße, und er wußte, daß die Störung von außen kam und Baylock das Signal gegeben hatte. Es war die Polizei, und sie waren an ihrem Wagen. Er öffnete den Mund ein wenig, die zerkaute Zigarette fiel zwischen seinen Zähnen heraus, streifte seinen Ellbogen und traf auf den Boden. Er bückte sich, hob sie auf, seine Augen suchten Gladden am Fenster, warteten auf weitere

Signale aus ihrer Taschenlampe. Er sah sie am Fenster stehen, ihr Profil beinahe als Silhouette. Für ein so mageres Mädchen, sagte er sich, hatte sie eine vernünftige Größe, ungefähr einssechzig. Sie sollte aber wirklich etwas zunehmen, sagte er sich. Sie hatte einen Appetit wie ein Vögelchen. Die Polizei, stellte er sich vor, würde um den geparkten Wagen herumgehen. Er stellte sich vor, daß ihr Streifenwagen daneben stand, und nun gingen sie um ihn herum und besahen ihn sich und sagten kein Wort. Nun waren sie drinnen. Sie würden sich das Innere des Wagens ansehen. Sie waren enorm, diese Polizisten, denn als nächstes würden sie einander ansehen. Dann würden sie in die Nacht hinaus starren. Sie würden nur so dastehen. Polizisten, sagte er sich, waren großartig, wenn sie nur so dastanden. Manchmal rührten sie sich ein wenig, schoben ihre Mützen vor und wieder zurück. Niemand konnte seine Mütze so vor und wieder zurückschieben wie ein Polizist. Er sah weiter Gladden an und wartete auf ihre Lichtzeichen. Ihre Lampe blieb dunkel. Harbin blickte auf seine Armbanduhr. Als er das nächste Mal auf die Uhr blickte, waren acht Minuten vergangen, und er wußte, daß er wegen der Polizisten etwas unternehmen mußte, denn das Fehlen weiterer Signale von Gladden besagte, daß die Polizei noch immer da war.

Er ging durch den Raum auf Gladden zu.

Er stand neben ihrem scharfgeschnittenen Gesicht und flüsterte ihr ins Ohr: »Ich gehe hinaus.«

Ihre einzige Bewegung war das Atmen. Sie hielt ihre Augen auf die Gartenmauer gerichtet, wo das Licht der anderen Lampe aufblitzen würde. Sie sagte: »Was willst du ihnen erzählen?«

»Daß mein Wagen kaputtgegangen ist«, entgegnete er.

»Und daß ich losgelaufen bin, um einen Mechaniker zu suchen.«

Für ein paar Momente blieb sie eine Antwort schuldig. Er wartete auf eine Entgegnung. Sie steckten wirklich in der Klemme, was immer sie sagte, würde ihm im Grunde nichts bedeuten, denn er würde auf jeden Fall hinausgehen. Aber er hörte gern, daß seine Einfälle gut seien, und er wünschte, sie würde sagen, sein Einfall sei gut. Er gab ihr die Werkzeuge und seine Taschenlampe. Er wartete.

Sie sagte: »Du unterschätzt die Bullen immer.«

Es war nicht das erste Mal, daß sie das sagte. Es ärgerte ihn auch nicht. Vielleicht war es wahr. Vielleicht war es eine ernste Schwäche seiner Unternehmungen, und eines Nachts würde es ins Auge gehen. Aber es blieb ein Vielleicht, und er ließ sich von etwas Möglichem oder Wahrscheinlichem niemals ernstlich beeinflussen. Die einzige Ware, die er kaufte, war das Bestimmte.

Er sagte: »Paß auf deine Diät auf«, nur um etwas zu sagen, bevor er aus dem Fenster stieg. Dann war er auf dem Rasen, hielt sich eng beim Haus und steuerte auf die Rückseite zu. Gebüsch tauchte vor ihm auf, und er umging es und sah Dohmer, der in der Nähe der Treppe kauerte, die zur Küchentür führte. Er machte durch die Mundwinkel ein leises Geräusch. Dohmer drehte sich um und sah ihn an. Er schenkte Dohmer ein leises Lächeln, dann ging er weiter, vorbei an Dohmer, bahnte sich seinen Weg zur anderen Seite des Hauses, überquerte den Rasen und entdeckte Baylock, der sich gegen die Steinmauer der Garage am Ende der Rasenfläche drückte. Er kam hinter der Garage hervor, schob sich auf Baylock zu und machte gerade so viel Lärm, daß Baylock ihn kommen hören konnte. Baylock bewegte sich ein wenig und starrte ihn an. Er nickte, und Baylock erwiderte sein Nicken. Er blickte sich um, ging dann auf demselben Weg zurück, um auf die andere Seite der Garage zu gelangen. Dort gab es noch mehr Gebüsch. Er bahnte sich einen Weg hindurch. Eine weitere Reihe von Büschen führte ihn zum Ende der Auffahrt, zur kurvigen Straße, die sich um die Nordseite der Villa zog. Er trat aus dem Gebüsch auf die Straße, zog seinen Mantel aus, öffnete seinen Hemdkragen, steckte sich dann eine Zigarette in den Mund und zündete ein Streichholz an.

Rauchend ging er die Straße hinauf, den Mantel hielt er über dem Arm. Dann, auf dem Scheitelpunkt der Straße, nahm er die Biegung. Er geriet ins Blickfeld des geparkten schwarzen und des geparkten roten Wagens und der zwei Polizisten.

Sie standen da und warteten auf ihn. Er seufzte und schüttelte langsam den Kopf, während er auf sie zuging. Einer von ihnen war sehr groß und ungefähr Ende Vierzig, der andere war ein junger, gutaussehender Mann mit blaßblauen Augen, wie ein Aquamarin.

Der große Polizist fragte: »Ist das Ihr Wagen?«

»Ich wünschte, er wäre es nicht.« Harbin blickte auf den Wagen und schüttelte den Kopf.

»Was tun Sie hier?« fragte der junge Polizist.

Harbin betrachtete den Wagen mit einem Stirnrunzeln. »Wissen Sie, wo ich jetzt einen Mechaniker finden kann?«

Der große Polizist rieb sich das Kinn. »Machen Sie Witze?«

Der junge Polizist besah sich den Wagen. Es war ein 46er Chevrolet Sedan. »Was stimmt mit dem Wagen nicht?«

Harbin zuckte mit den Schultern.

»Zeigen Sie mal Ihre Papiere«, sagte der große Polizist.

Harbin gab dem großen Bullen seine Brieftasche und

beobachtete, wie der junge Polizist um den Chevrolet herumging und ihn musterte, als wäre er ein neues Tier im Zoo. Harbin lehnte sich gegen den Kotflügel und rauchte seine Zigarette weiter, während er beobachtete, wie der große Bulle seine Papiere durchsah und sie mit dem Nummernschild verglich. Er sah, daß der junge Polizist die Fahrertür öffnete und sich hinter das Lenkrad setzte.

Der große Polizist gab ihm die Brieftasche zurück, und Harbin sagte: »Ich muß ein paar Meilen gelaufen sein. Nichts. Nicht einmal eine Tankstelle.«

»Wissen Sie, wie spät es ist?«

Harbin schaute auf seine Armbanduhr. »O mein Gott!«

Aus dem Inneren des Wagens sagte der Polizist: »Wo sind Ihre Schlüssel?«

Harbin öffnete die Fahrertür, griff zur Zündung und ertastete nur das Zündschloß. Stirnrunzelnd betrachtete er die lange Nase des jungen Polizisten. Er trat einen Schritt vom Wagen zurück, schob eine Hand in die hintere Tasche seiner Hose und sagte sich, während er tat, als suche er nach den Schlüsseln, daß er die Augen des jungen Bullen nicht mochte.

Der junge Polizist stieg aus dem Wagen, kreuzte die Arme und beobachtete, wie er nach seinem Schlüssel suchte.

»Verdammt«, sagte Harbin. Nun durchsuchte er seine Manteltaschen.

Der junge Polizist sagte: »Wie haben Sie Ihre Schlüssel verlieren können?«

»Ich habe sie nicht verloren«, erwiderte Harbin. »Sie müssen hier irgendwo sein.«

»Haben Sie getrunken?« Der junge Polizist kam ein Stück auf ihn zu.

»Keinen Tropfen«, sagte Harbin.

»Okay«, sagte der junge Polizist. »Wo sind dann Ihre Autoschlüssel?«

Statt zu antworten, schob Harbin seinen Kopf in den Wagen unter das Lenkrad und begann, den Boden nach den Schlüsseln abzusuchen. Er hörte den jungen Polizisten sagen: »Du hast die Papiere gesehen?«

»Sie sind in Ordnung«, entgegnete der große Polizist.

Eine Hand berührte dann Harbins Schulter, und er hörte, wie der junge Polizist »Hey« sagte.

Er kam unter dem Lenkrad hervor und stand dem jungen Bullen gegenüber. Er sagte: »In manchen Nächten sollte ein Mann besser zu Hause bleiben.«

Wie er hatte der junge Polizist seine Arme gekreuzt. Seine aquamarinblauen Augen blitzten. »Was machen Sie so?«

»Ratengeschäfte.«

»An der Haustür?«

Harbin nickte.

Der junge Bulle blickte den älteren an. Dann wandte er sein hübsches Gesicht Harbin zu und sagte: »Wie kommen Sie zurecht?«

»Nicht besonders.« Harbin brachte ein schwaches Lächeln zustande. »Sie wissen ja, wie das ist. Es ist ein ständiger Kampf.«

»Was nicht?« bemerkte der große Polizist.

Harbin rieb sich den Hinterkopf. »Ich muß meine Schlüssel in der Hand gehalten haben, als ich ausstieg. Muß sie fallen gelassen haben, während ich ging.« Er wartete, daß die Polizisten etwas erwiderten, und als sie nichts sagten, sagte er: »Am besten krieche ich auf den Rücksitz und schlafe im Wagen.«

»Nein«, sagte der junge Polizist, »das dürfen Sie nicht.«

»Können Sie mich in die Stadt mitnehmen?«

Der junge Bulle deutete auf den roten Streifenwagen. »Sieht der vielleicht wie ein Taxi aus?«

Harbin steckte seine Hände in die Hosentasche und blickte trübsinnig die Straße hinunter. »Vielleicht sollte ich mich doch im Wagen aufs Ohr hauen.«

Ein langes Schweigen folgte: Harbin zwang seine Augen, nicht die beiden Polizisten anzuschauen. Er hatte das Gefühl, daß der junge Bulle ihn sehr genau musterte. Er wußte, er war nun an einem Punkt, wo die Sache so oder so ausgehen konnte. Alles, was er tun konnte, war warten.

Endlich sagte der größere Polizist: »Also steigen Sie schon in Ihren Wagen. Die Nacht ist ohnehin halb vorüber.«

Harbin ging unter dem Blick der aquamarinblauen Augen des jungen Polizisten zum Wagen. Er öffnete die hintere Tür, stieg hinein, rollte sich auf dem Polster zusammen und schloß die Augen. Ungefähr eine Minute später hörte er, wie der Motor des roten Wagens startete. Dann hörte er, wie der Wagen davonfuhr.

Der große Zeiger seiner Armbanduhr war sieben Minuten weiter vorgerückt, als er den Kopf hob und aus dem Wagenfenster spähte. Während er das Fenster hinunterkurbelte, lauschte er auf ein Motorgeräusch, doch die Nacht war völlig lautlos. Er atmete die Stille ein und genoß sie. Dann stieg er aus dem Chevrolet, steckte sich eine weitere Zigarette in den Mund und ging zur Villa.

Gladden stand am Fenster, als er hineinkletterte. Er grinste sie an, während sie ihm das Werkzeug reichte. Er knipste die Taschenlampe an, richtete sie auf den Wandsafe und folgte dem Pfad aus weißem Licht zu dem Geviert aus Messing und den Smaragden dahinter.

2

Sie besahen sich die Beute. Sie waren zu viert und befanden sich in der ersten Etage eines kleinen, schäbigen Hauses in Kensington, einem Stadtbezirk von Philadelphia. Das Haus lief auf Dohmers Namen, es war Teil einer engen Straße von Reihenhäusern, die von Fabriken eingekeilt waren. Das Haus war sowohl Wohnung wie Hauptquartier, sie nannten es immer nur *das Haus*. Der Staub und Schmutz von den Fabriken drang immer ein, selbst wenn die Fenster geschlossen waren. Gladden hatte die Angewohnheit, Putzlappen gegen die Fenster zu werfen und zu sagen, daß es keinen Sinn habe, gegen den Staub anzukämpfen. Nach einer Weile jedoch seufzte sie jedesmal auf, nahm den Lappen und fing an zu putzen.

Der Tisch in Baylocks Zimmer im ersten Stockwerk stand mitten im Raum, und sie standen um ihn herum und beobachteten, wie Baylock die Smaragde prüfte. Baylocks Finger waren Pinzetten aus dünnem Metall, als er die Steine aufnahm und sie gegen das Glas hielt, das in seinem linken Auge klemmte. Dohmer ließ Bier aus einer Viertelliterflasche seine Kehle hinunterlaufen, und Gladden hatte ihre Hände hinter dem Rücken gefaltet, ihre Schulter ruhte sanft an Harbins Brust. Der Qualm seiner Zigarette zog durch Gladdens strohblondes Haar und trieb zur Mitte des Tisches, wo die Steine grün aufflammten.

Nach einer Weile nahm Baylock das Glas aus seinem Auge und nahm ein Stück Papier hoch, auf dem er eine detaillierte Liste mit dem geschätzten Wert eines jeden Steins angefertigt hatte. »Es kommt auf ungefähr hundertzehntausend Dollar. Schneidet man die Steine heraus, schmilzt man das Platin ein und formt es neu, bringt es ungefähr vierzig.‹

»Vierzigtausend«, sagte Dohmer.

Baylock runzelte die Stirn. »Abzüglich der Unkosten.«

»Welche Unkosten?« fragte Dohmer.

»Über den Daumen gepeilt«, sagte Baylock und biß sich auf die Lippe.

Harbin betrachtete die Smaragde. Er sagte sich selbst, daß sie einen netten Fang gemacht hatten und er froh darüber sein sollte. Er fragte sich, warum er nicht froh darüber war.

Baylock sagte: »Wir sollten das Zeug besser schnell verschwinden lassen.« Er stand vom Tisch auf, ging auf und ab und kehrte zum Tisch zurück. »Ich denke, wir fahren gleich morgen. Packen in aller Frühe unsere Sachen und brechen auf. Bringen das Zeug nach Mexiko.«

Harbin schüttelte den Kopf.

»Warum nicht?« fragte Baylock.

Harbin antwortete nicht. Er nahm seine Brieftasche heraus und zerriß seinen Führerschein und seine Zulassung in kleine Stücke. Dann wandte er sich an Dohmer. »Laß neue Papiere machen und kümmere dich um den Chevie. Mach es schnell. Neue Polster, andere Farbe, schmelz die Nummernschilder ein.«

Dohmer nickte, dann sagte er: »Welche Farbe willst du?«

Gladden sagte: »Ich finde Orange schön.«

Harbin schaute sie an. Er wartete darauf, daß Baylock anfangen würde, über Mexiko zu debattieren. Er wußte, daß Baylock einiges über Mexiko zu sagen haben würde.

»Nimm ein gedämpftes Orange«, sagte Gladden. »Ich mag keine grellen Farben. Sie sind billig und gewöhnlich.

Wenn ich ein Kleid kaufe, kaufe ich es in sanften Farben. Mit Geschmack und Klasse. Lackiere den Wagen in einem matten Orange oder in einem blassen Orange.«

Dohmer nahm die Bierflasche vom Mund. »Ich weiß nicht, wovon du sprichst.«

»Ich wünschte«, sagte Gladden, »ich könnte mich manchmal mit Frauen unterhalten. Wenn ich einmal im Monat mit ein paar Frauen reden könnte, wäre ich glücklich.«

Baylock rieb sich über seinen kahler werdenden Schädel. Mit einem Stirnrunzeln blickte er auf die Smaragde herab. »Ich finde, wir fahren gleich morgen Richtung Mexiko.«

»Ich sagte nein.« Harbin klang gelassen.

Als hätte Harbin nichts gesagt, erklärte Baylock: »Morgen ist die beste Zeit, um loszufahren. Sobald wir unseren Wagen umgespritzt haben. Fahren runter nach Mexiko und bringen das Zeug zu einem Hehler. Wir müssen uns beeilen.«

»Nicht morgen«, sagte Harbin. »Nicht nächste Woche und auch nicht nächsten Monat.«

Baylock sah auf. »Wie lange willst du warten?«

»Zwischen sechs Monaten und einem Jahr.«

»Das ist zu lange«, entgegnete Baylock. »Zu viele Dinge können passieren.« Und dann sah er aus irgendeinem Grund Gladden an, und seine Augen schlossen sich beinahe. »Törichte Dinge. Wie etwa den Wagen grell orange anzumalen.«

»Ich habe nicht grell orange gesagt«, sagte Gladden. »Ich habe euch gesagt, daß ich kein grelles Orange mag.«

»Wie etwa in der feinen Gesellschaft groß herauszukommen«, fuhr Baylock fort. »Wie etwa sich mit den Dienstboten der reichen Leute einzulassen.«

»Laß mich in Ruhe«, sagte Gladden. Sie drehte sich zu Harbin um. »Sag ihm, daß er mich in Ruhe lassen soll.«

»Wie etwa hochfliegende Pläne zu hegen«, fuhr Baylock fort. »Mit Geschmack. Mit Klasse. Das erste, was wir wissen, ist, daß sie sich herumtreiben wird.«

»Halt endlich den Mund, Joe«, schrie Gladden. »Du hast kein Recht, so zu reden. Ich hab' mich mit den Dienstboten eingelassen, weil es die einzige Möglichkeit war, wie ich das Haus ausspähen konnte.« Dann wandte sie sich wieder an Harbin. »Warum hackt er die ganze Zeit auf mir herum?«

»Mein Gott«, sagte Baylock, »das erste, was wir wissen, ist, daß sie sich mit der feinen Gesellschaft einlassen wird. Die reichen Leute werden hier ein und aus gehen, werden Bridge spielen, Tee trinken und sich unsere Smaragde ansehen.«

Harbin wandte sich an Gladden. »Geh raus in den Flur.«

»Nein«, entgegnete Gladden.

»Nun mach schon«, sagte Harbin, »geh raus und warte im Flur.«

»Ich bleibe hier.« Gladden bebte vor Erregung.

Baylock sah Gladden finster an und sagte: ›Warum tust du nicht, was er sagt?«

Gladden wandte sich ganz zu Baylock um. »Halt dein gottverdammtes Maul.«

Harbin spürte, wie etwas in seinem Innern rumorte, etwas baute sich auf. Er wußte, was es war. Es war schon öfter passiert. Er wollte nicht, daß es wieder passierte. Er versuchte es niederzukämpfen und zu unterdrücken, aber es rumorte weiter, und nun begann es in ihm aufzusteigen.

Baylock sagte: »Ich verlange, daß wir morgen losfahren. Ich verlange . . .«

»Hör auf damit!« Harbins Stimme durchschnitt den Raum. »Hör auf damit!«

Gladden sagte: »Hey, Nat . . .«

»Du auch!« Harbin war aus dem Stuhl aufgesprungen, er hatte den Stuhl in der Hand, hoch in der Luft, und schleuderte ihn gegen die Wand. Dann lief er zum Schrank, nahm eine halbvolle Flasche Bier und warf sie auf den Boden. Seine geballte Faust stieß in die Luft. Sein Atem klang wie ein kaputtes Räderwerk. Er flehte sich selbst an, damit aufzuhören, aber er konnte nicht aufhören. Sie standen da und sahen ihn an, wie sie ihn schon oft angesehen hatten, wenn es wieder passiert war. Sie rührten sich nicht. Sie standen da und warteten, daß die Dinge sich wieder beruhigten.

»Geht raus!« schrie er. »Jeder von euch, raus hier!« Er warf sich auf Baylocks Bett, seine Fingernägel fuhren durch das Laken, dann durch das Leinentuch darunter. Seine Finger zerrten an den Tüchern, als er sich krümmte, um den Stoff in seinen Händen zu zerreißen. »Haut ab!« schrie er. »Haut ab und laßt mich in Ruhe!«

Sie stahlen sich aus dem Zimmer. Er lag auf Knien auf dem Bett, zerrte an den Laken, zerriß sie, bis sie nur mehr dünne Fetzen waren. Er kippte zur Seite, rollte vom Bett und schlug gegen den Tisch, so daß der Tisch ins Wanken geriet und die Edelsteine auf den Boden fielen. Er lag auf dem Boden, zwischen den Smaragden, seine Haut berührte sie, ohne sie zu spüren. Er schloß die Augen und hörte Stimmen im Flur. Dohmers Stimme war laut, wurde lauter gegen Baylocks laute Stimme. Gladden schrie irgend etwas, das er nicht verstehen konnte, aber er wußte, was da vor sich ging. Er wünschte sich, auf dem Boden liegen zu bleiben und es geschehen zu lassen. Er kämpfte sich vom Boden auf und wankte, als er Gladdens Schreie hörte, durch den Raum zur Tür.

Er war im Flur und warf sich zwischen Dohmer und Baylock. Er setzte tief an, um seinen Arm um Dohmers Knie zu legen, seine Schulter gegen Dohmers Oberschenkel, seine Füße als Stütze, dann kam der Stoß und der Heber, als seine Arme tiefer wanderten, so daß er Dohmer mit sich zu Boden riß.

Dohmer sah ihn nicht. Dohmer blickte über ihn hinweg zu Baylock hinauf. Tiefer Schmerz stand in Baylocks Gesicht. Sein linkes Auge war geschwollen und purpurrot, und seine eine Augenbraue war aufgeplatzt.

Während er sich langsam erhob, sagte Harbin: »Okay, es ist vorbei.«

»Es ist nicht vorbei.« Baylock heulte, ohne Tränen zu vergießen.

»Wenn du die Sache so siehst«, sagte Harbin, »dann stehe hier nicht rum und denke darüber nach. Vor dir steht Dohmer. Wenn du ihm eine verpassen willst, leg los und verpaß ihm eine.«

Baylock antwortete nicht. Dohmer war aufgestanden, er stand da und rieb sich seine Stirn, als hätte er furchtbare Kopfschmerzen. Ein paarmal öffnete er den Mund, um etwas zu sagen, aber er war unfähig, Worte zu finden.

Gladden zündete sich eine Zigarette an. Sie warf Harbin einen tadelnden Blick zu. »Das ist alles deine Schuld.«

»Ich weiß«, sagte Harbin. Ohne Baylock anzuschauen, murmelte er. »Wenn bestimmte Leute aufhören würden, mich zu reizen, würde so etwas vielleicht nicht passieren.«

»Ich reize dich nicht«, sagte Baylock. »Alles, was ich tue, ist zu sagen, was ich denke.«

»Das hat mit Denken nichts zu tun«, sagte Harbin. »Das ist Jammerei. Du jammerst unaufhörlich.« Er deutete auf das Badezimmer. »Verarzte ihn«, sagte er zu Gladden, und sie nahm Baylock mit ins Badezimmer. Harbin wandte sich um und ging in das Schlafzimmer und begann, die Dinge zurück an ihren Platz zu stellen.

In der Tür stand Dohmer und fuhr sich mit den Händen über seine Knöchel. »Ich weiß gar nicht, was in mich gefahren ist.«

Harbin richtete den Tisch wieder auf. Er stellte den Stuhl zurück an seinen Platz. Dann sammelte er die verstreuten Edelsteine auf, und als sie alle aufgelesen waren und auf dem Tisch auf ihrem Tuch lagen, drehte er sich zu Dohmer um und sagte: »Du machst mich krank.«

»Baylock macht dich krank.«

»Baylock macht mich wütend. Du machst mich krank.«

»Ich wollte es nicht«, sagte Dohmer. »Ich schwöre, ich wollte ihn nicht schlagen.«

»Darum machst du mich ja krank. Solange du tust, was du auch tun willst, bist du von Nutzen. Aber wenn du den Kopf verlierst, bist du schlechter als nichts.«

»Du bist derjenige, der außer sich geraten ist.«

»Wenn ich außer mir gerate«, erwiderte Harbin, »schlage ich in die Luft, ich schlage niemanden ins Gesicht.« Er deutete auf die zerrissenen Laken. »Ich mache so etwas kaputt. Ich mache keine Leute kaputt, mit denen ich arbeite. Guck dir deine riesige Faust an. Du hättest ihn töten können.«

Dohmer kam in den Raum und setzte sich auf die Kante des Bettes. Er rieb weiter an seinen Fingerknöcheln herum. »Warum müssen diese Dinge immer wieder anfangen.«

»Das sind unsere Nerven.«

»Wir müssen uns davon losmachen.«

»Das können wir nicht«, sagte Harbin. »Nerven sind

kleine Drähte im Körper. Da bleiben sie. Wenn man zu fest an ihnen zerrt, reißen sie.«

»Das ist nicht gut.«

»Dagegen kannst du nichts tun«, sagte Harbin, »außer versuchen, es zu steuern, wenn es passiert. Das versuche ich immer. Ich versuche, es zu steuern. Statt deine Faust gegen Baylock zu erheben, hättest du sie gegen die Wand richten sollen.«

»Ich bin zu groß.« Dohmer stand bedrückt da. Er sah Harbin flehend an. »Du mußt mir glauben, Nat, ich habe nichts gegen Baylock. Ich mag Baylock. Er ist immer gut zu mir gewesen. Er hat mir mehr Gefallen getan, als ich mich erinnern kann. Aber sieh dir an, was ich getan habe. Ich bin hingegangen und habe ihm mit meiner Hand eine aufs Auge gegeben. Mit dieser Hand hier«, und er zeigte seine rechte Hand vor, streckte sie aus, als biete er an, man solle sie ihm abschlagen.

Harbin sah, wie Dohmers Kopf sich senkte, seine mächtigen Schultern sackten zusammen, und sein großer Kopf fiel in seine hohlen Hände. Ein Laut, der irgendwo zwischen Schluchzen und Stöhnen lag, drang aus seiner Kehle. Offenbar wollte Dohmer mit seiner Reue alleine sein, und Harbin ging aus dem Zimmer und schloß die Tür.

Er betrat das Badezimmer, um nach Baylock zu sehen, der seinen Kopf unter die Lampe über dem Waschbecken hielt. Gladden drückte sanft einen blutstillenden Stift darauf, dann hielt sie den weißen Stift unter kaltes Wasser, legte ihn wieder auf. Baylock wimmerte leise von Schmerz.

»Es ist furchtbar«, sagte Baylock. »Es brennt wie Feuer.«

»Laß mal sehen.« Harbin trat näher heran, um sich das

Auge anzuschauen. »Nicht zu tief. Du wirst jedenfalls nicht genäht werden müssen.«

Baylock blickte mißmutig zu Boden. »Warum mußte er mich schlagen?«

»Er fühlt sich deswegen mieser als du.«

»Hat er so ein Auge?«

»Er wünschte sich, er hätte es«, sagte Harbin. »Er kommt sich deswegen gemein vor.«

»Das hilft meinem Auge wirklich sehr«, wimmerte Baylock.

Harbin zündete sich eine Zigarette an und ließ sich Zeit. Dann, nach ein paar Zügen, blickte er Gladden an. »Geh runter und mach irgend etwas zu essen. Später gehen wir dann noch auf einen Drink aus.«

»Soll ich mich chic anziehen?« fragte Gladden. »Ich würde mich gerne chic anziehen.«

Harbin lächelte sie an.

Sie sagte: »Ich fühle mich großartig, wenn ich mich chic anziehe. Was ich am liebsten mag, ist das Ding mit den silbernen Pailletten. Magst du es auch, Nat? Das gelbe Kleid mit den Pailletten?«

»Es ist sehr hübsch.«

»Ich würde es schrecklich gerne heute abend anziehen«, sagte Gladden. »Ich sehne mich richtig danach, das Kleid herauszunehmen, es anzuziehen und es zu tragen. Dann gehe ich mit dir aus und trage die ganze Zeit das Kleid.«

»Nett«, sagte Harbin, »das wird recht nett.«

»Es ist immer nett, wenn ich ein Kleid anziehe, auf das ich ganz verrückt bin, und auf dieses Kleid bin ich ganz verrückt. Ich werde es anziehen, wenn wir ausgehen, und werde es tragen und werde mich gut fühlen. ich fühle mich schon richtig gut, wenn ich nur daran denke.«

Sie ging hinaus. Sie hörten, wie sie die Treppe

erreichte und laut zu sich selbst sagte: »Wenn ich nur daran denke.« Dann hörten sie, wie sie die Treppe hinunterging.

»Das«, sagte Baylock, »ist etwas, was ich nicht kapiere.« Er hatte sein schmerzendes Auge vergessen und musterte Harbin nachdenklich. »Nicht ich gehe dir auf die Nerven, sondern das Mädchen. Das Mädchen geht dir ständig auf die Nerven. Das Mädchen ist dämlich, und du weißt, daß sie dämlich ist. Ich finde, es ist an der Zeit, daß du etwas unternimmst.«

»Okay.« Harbin winkte müde ab. »Hör auf damit.«

»Sie ist dumm«, beharrte Baylock. »Sie ist ganz einfach dumm.«

»Warum hörst du nicht endlich auf?«

»Sieh der Sache ins Auge, Nat. Du weißt, ich habe persönlich nichts gegen Gladden. Sie ist anständig und meint es gut, aber das ist nicht der Punkt. Der Punkt ist, sie ist dumm, und das weißt du genau so gut wie ich. Der Unterschied ist nur, ich spreche es aus, und du behältst es für dich. Du frißt es in dich hinein, und darum ist es heute aus dir herausgebrochen, und du hast verrückt gespielt.«

»Können wir die Dinge nicht einfach so belassen?«

»Klar können wir das«, sagte Baylock, »wir können den Laden auch gleich zumachen.«

»Du spielst mit dem Feuer, Joe. Ich mag nicht, was du sagst.«

»Ich sage das, was die Wahrheit ist. Es gibt Dinge, die du tun willst, und ich will bei dir sein, wenn du sie tust. Dohmer auch. Aber mit dem Mädchen ist das eine andere Sache. Alles, was sie tut, tut sie, weil du es ihr sagst. Würde sie ihren eigenen Verstand gebrauchen, könnte sie sich keinen Millimeter vom Fleck rühren, jedenfalls nicht in die Richtung, die wir nehmen. Es gibt

Ärger, und früher oder später entlädt sie das alles auf dich. Aber sage mir nicht, du siehst es nicht kommen.«

Harbin öffnete den Mund, schloß ihn und öffnete ihn wieder. »Willst du mir Angst einjagen?«

»Die hast du längst.«

Dann senkte Harbins Stimme sich fast zu einem Flüstern. »Sei vorsichtig.«

Baylocks Verhalten änderte sich abrupt. »Was zum Teufel stimmt nicht?« wimmerte er. »Kann ich nicht einmal anderer Meinung sein? Wenn du deine Meinung sagst und ich es nicht so sehe wie du, habe ich doch das Recht, das zu sagen, oder nicht?«

»Es ist immer dasselbe«, sagte Harbin. »Egal, was ich sage, du sagst nein. Auf alles ein Nein.«

»Ich kann nicht zustimmen, wenn ich nicht zustimme.«

»In Ordnung, Joe.«

»Ich kann nichts dafür«, sagte Baylock. »So ist das nun einmal.«

»Es ist in Ordnung.«

»Ich will nicht darauf herumreiten, aber ich mache mir Sorgen um das Mädchen. Sie hat einen falschen Einfluß auf dich, die Sache ist an einem Punkt, wo ich immer weiß, wenn es dir bis zum Hals steht.« Er trat näher auf Harbin zu. »Laß sie gehen.« Er kam noch näher, seine Stimme senkte sich. »Warum läßt du sie nicht gehen?«

Harbin drehte sich um. Er atmete schale, verbrauchte Luft ein und schluckte sie angestrengt herunter. »Wir sind eine Organisation. Und wenn ich eine Sache niemals dulden werde, dann ist es, die Organisation zu spalten.«

»Es wäre keine Spaltung. Wenn du ihr sagst, sie soll gehen, würde sie gehen.«

»Wohin würde sie gehen?« Harbins Stimme wurde wieder lauter. »In was würde sie hineingeraten?«

»Sie würde klarkommen«, sagte Baylock. »Und ich kann dir eines sagen, es würde ihr besser gehen als jetzt.«

Harbin wandte sich wieder ab. Für einige Momente kniff er die Augen fest zusammen und wünschte, er würde tief schlafen und wäre weit weg von allem.

Baylock war wieder näher gekommen. »Weißt du, wie es mit dir aussieht? Als wärest du in einem Gerichtssaal gewesen und hättest als lebenslängliche Strafe gekriegt, dich um sie zu kümmern.«

»Verdammt«, sagte Harbin. »Laß mich in Ruhe.« Er ging aus dem Bad. Er kam in das Zimmer, wo Dohmer noch immer auf dem Bett saß, den großen Kopf in seine großen Hände gelegt. Baylock kam ein paar Momente später. Sie standen beide da und beobachteten Dohmer.

Dohmer hob langsam den Kopf. Er schaute sie an, seufzte schwer und schüttelte den Kopf. »Es tut mir leid, Joe.«

»Ist schon in Ordnung.« Baylock legte für einen Moment seine Hand auf Dohmers Schulter. Dann wanderte sein Blick zu Harbin weiter, und er fügte hinzu: »Ich wünschte, alles wäre in Ordnung.«

Harbin biß sich auf die Lippe. Er spürte, wie sein Kopf unwillkürlich zu einer Seite herumfuhr. Er konnte keinen von beiden anschauen.

3

In einem Nachtclub, der für fünf Dollar im Jahr Mitgliedskarten ausgab, warf das Licht der mattgrünen Lampen einen wäßrigen Schein auf Gladdens Haar. Sie beugte sich über ein großes Glas mit Rum und Eis, und Harbin sah, wie sie an ihrem Drink nippte. Er lächelte ihr zu, als sie den Kopf hob und ihn anschaute. Sie saßen an einem sehr kleinen Tisch, etwas abseits von der sonderbaren kleinen Tanzfläche, an deren anderer Seite drei farbige Musiker standen, die voller Hingabe spielten. Das Lokal lag in der ersten Etage eines Restaurants in der Kensington Avenue. Es sorgte stets für gedämpftes Licht, zufriedene Kunden und dafür, daß seine blau uniformierten Besucher jede Woche bezahlt wurden. Es war ein nettes Lokal.

»Sie haben uns einen guten Drink gebracht«, sagte Gladden.

»Magst du die Musik?«

»Ist mir zu hektisch.«

»Welche Art Musik magst du?«

»Guy Lombardo.«

»Früher habe ich Geige gespielt.«

»Glaub' ich nicht.«

»Doch«, sagte Harbin. »Fünf Jahre lang hatte ich Stunden. In unserer Nachbarschaft gab es ein Konservatorium. Sie unterrichteten zwanzig Schüler zur gleichen Zeit. Mit einem alten Knacker vorne hockten wir in einem winzigen Raum. Er schrie sich immer die Seele aus dem Leib, als wären wir Meilen entfernt, und versuchte sich verständlich zu machen. Der Alte war ein Verrückter. Ich frage mich, ob er immer noch da ist.«

»Erzähl mir von eurer Gegend«, sagte Gladden.

»Ich habe dir schon tausendmal davon erzählt.«

»Tu es noch einmal.«

Er nahm sein kleines Glas und stürzte den Whiskey herunter. Dann winkte er dem farbigen Mädchen, das gerade mit einem großen Tablett über dem Kopf zwischen den Tischen umherging. »Warum?«

»Ich gerate ins Träumen dabei.«

Das farbige Mädchen kam an ihren Tisch, und Harbin bestellte Whiskey für sich und noch einen Rum für Gladden. Er lehnte sich in seinem Stuhl zurück, den Kopf ein wenig geneigt, damit er den mattgrünen Glanz auf Gladdens Haar sah. »Immer wenn wir ein Ding gedreht haben, gerätst du so ins Träumen«, sagte er. »Die Beute scheint dich nicht zu interessieren.«

Gladden sagte nichts. Sie lächelte etwas ganz Fernes an.

»Die Beute«, sagte er, »wird für dich unwichtig. Was ist dir wichtig?«

»Das Gefühl zu träumen.« Gladden sackte ein wenig zusammen. »Als ginge ich zurück. Als läge ich auf weichen Kissen, die man nicht sehen kann. Es ist ein Weg zurück.«

»Wohin zurück?«

»Wo wir waren, als wir jung waren.«

»Wir sind jetzt jung«, sagte er.

»Sind wir das?« Sie hob ihr großes Glas, ihr Kinn vergrößerte sich durch den Rum und das Glas. »Wir stehen mit einem Bein im Grab.«

»Du langweilst dich einfach«, sagte Harbin.

»Ich habe mich gelangweilt, seit ich auf der Welt bin.«

»Du suchst irgendwelche Aufregungen?«

»Wer braucht schon Aufregungen?« Sie deutete auf die Tänzer, die sich auf der winzigen Tanzfläche zusammendrängten. »Sie sind alle verrückt.« Sie zuckte mit den Schultern. »Aber was rede ich da? Ich bin auch verrückt. Genau wie du.«

Harbin sah, wie der mattgrüne Glanz ein wenig tiefer glitt und sich ein breites, mattgrünes Band über ihre Stirn zog. Nun verlief über ihr blondes Haar eine Zickzacklinie aus Gelb und Schwarz, ihre Augen unter dem grünen Band waren ein stechendes, helles Gelb, und ihr Gesicht war dunkel, wurde aber heller, als sich das Band tiefer schob. Harbin sah, wie weiß ihre Zähne waren, als sie wieder lächelte. Er erwiderte ihr Lächeln, ohne zu wissen, warum. Dann fragte er ebenso ohne Grund: »Möchtest du tanzen?«

Sie deutete auf das langsame Geschiebe auf der Tanzfläche. »Ist das etwa Tanzen?«

Er schaute hinüber, und es war kein Tanzen. Er hörte die Musik, aber sie sagte ihm nichts. Er kippte seinen Drink hinunter, aber es entstand kein Prickeln in seinem Magen. Er schaute Gladden an, und sie schaute ihn an, und er wußte, daß sie ihn eingehend musterte, und er sagte: »Laß uns gehen!«

Sie rührte sich nicht. »Bist du müde?«

»Nein.«

»Wohin wollen wir dann gehen?«

»Ich weiß es nicht, aber laß uns hier verschwinden.« Er machte Anstalten, sich zu erheben.

»Warte«, sagte sie. »Setz dich, Nat.«

Er setzte sich. Er hatte keine Ahnung, was sie sagen wollte. Er wartete mit einer Nervosität darauf, die ihn sehr beunruhigte, denn es gab keinen Grund dafür. Schließlich sagte er: »In Zeiten wie gerade jetzt bist du schrecklich.«

»Nat.« Sie lehnte sich mit den Ellbogen auf den Tisch.

»Sag mir, warum gehst du mit mir aus, warum führst du mich in Lokale?«

»Ich hab' gern Gesellschaft.«

»Warum nicht Dohmer oder Baylock?«

»Du bist ein hübscherer Anblick als sie.«

»Du gehst nach Äußerlichkeiten?«

»Du bist recht hübsch.«

»Schmier mir keinen Honig um den Mund, Nat. Mach mir keine Komplimente.«

»Das ist kein Kompliment, das ist eine Feststellung.« Er scherte sich nicht um die Richtung, die das Gespräch nahm. Er drehte sich ein wenig in seinem Stuhl. »Ich sage dir, was ich mögen würde. Ich würde mögen, daß du dich einmal ein wenig amüsierst. Manchmal schaue ich dich an, und du siehst aus wie ein Häufchen Elend.« Er beugte sich zu ihr, seinen Arm flach auf dem Tisch. »Ich möchte, daß du für eine Weile wegfährst.«

»Wohin?«

»Irgendwohin. Baltimore. Pittsburgh. Atlantic City.«

»Atlantic City«, sagte sie verträumt, »das wäre schon nett.«

»Klar wäre es das. Du brauchst wirklich Erholung. Du gehst auf die Promenade, setzt dich in die Sonne und atmest die salzige Seeluft ein. Du tust dir etwas Gutes. Gehst früh ins Bett und ißt anständiges Essen. Bekommst etwas Farbe im Gesicht.«

Ihr Gesicht kam näher an ihn heran. »Du willst mehr Farbe in meinem Gesicht sehen?«

»Du siehst dir ein paar Shows an«, sagte er, »und fährst mit einem Rollstuhl auf der Promenade entlang. Du kannst dich am Strand in die Sonne . . .«

»Nat«, sagte sie.

»Und du kannst mit einem Boot fahren. Sie machen Bootsfahrten auf dem Meer, und abends kannst du auf der Promenade spazierengehen. Es gibt dort einige von diesen eleganten Geschäften, wo du all die schönen Kleider kaufen kannst, von denen du so oft sprichst.«

»Nat«, sagte sie. »Nat, hör zu . . .«

»Es gibt dort auf der Promenade diese eleganten Geschäfte, und du wirst dich wunderbar amüsieren.«

»Nat«, sagte sie. »Komm mit mir.«

»Nein.«

»Bitte, komm mit mir.«

»Hör mit diesem Unsinn auf, okay?«

Sie wartete eine Weile, dann sagte sie: »In Ordnung, ich werde mit diesem Unsinn aufhören. Ich werde tun, was du von mir verlangst. Ich stelle den Unsinn ab, so etwa«, und sie ahmte das Schließen eines Wasserhahns nach. »Ich kann das gut. Ich habe es immer und immer wieder geübt, und jetzt weiß ich, wie es geht.« Noch einmal imitierte sie das Schließen eines Wasserhahns.

»Morgen«, sagte er, »wirst du einen Zug nehmen.«

»Gut.«

»Atlantic City.«

»Wunderbar.«

Er steckte sich eine Zigarette in den Mund und begann, auf ihr herumzukauen. Dann nahm er sie heraus, bog sie, zerbrach sie und ließ sie in den Aschenbecher fallen. »Hör zu, Gladden«, sagte er und wußte dann nicht, wie er weiterreden sollte. Seine Gedanken weigerten sich, in eine Richtung weiterzulaufen, sie zerteilten sich, wie ein Drahtgeflecht, das auseinanderfiel und sich in viele verschiedene Richtungen verzweigte. Er sah, daß das farbige Mädchen an seinem Tisch vorbeikam, und er berührte ihren Arm und sagte, daß er zahlen wolle.

4

Es gab kein Telefon im Haus, und am nächsten Nachmittag um drei, als sie am Bahnhof auf den Zug nach Atlantic City warteten, beschlossen sie, daß Gladden zu verabredeten Zeiten in einem bestimmten Drugstore anrufen sollte. Dann kam der Zug, und er blieb zurück, als sie in den Zug stieg. Plötzlich stellte sie ihre Taschen ab, sah ihn an und sagte seinen Namen.

Er grinste. »Iß nicht zu viele Salzbonbons.«

»Wir haben nicht Lebwohl gesagt.«

»Wenn du nach China fährst, werden wir Lebwohl sagen.«

Sie warf ihm einen Blick zu, den er nicht zu deuten wußte. Dann bedrängten ihn andere Reisende. Es blieb keine Zeit mehr. Er drehte sich um und ging den Bahnsteig entlang. Als er die Treppen hinunterstieg, die zum Wartesaal führten, hörte er, wie der Zug abfuhr. Ihm fiel ein, daß es das erste Mal war, daß er Gladden abfahren sah, und aus einem merkwürdigen Grund beunruhigte es ihn. Er sagte sich, daß Atlantic City nur sechzig Meilen entfernt war. Es war der Ort, wo die Leute aus Philadelphia hinfuhren, um sich in die Sonne zu legen und die salzige Seeluft zu atmen. Es war nicht China. Es lag praktisch in der Nachbarschaft, außerdem wäre er in ständiger Verbindung mit Gladden. Es gab überhaupt keinen Grund, beunruhigt zu sein.

Er stand vor dem Bahnhof und fragte sich, wohin er gehen sollte. Es war immer ein Problem, wohin er gehen und was er tun sollte. Manchmal beneidete er die Leute, deren Leben auf strengen Vorschriften beruhte, die nach bestimmten Erfordernissen und Anforderungen lebten, so daß sie jeden Morgen um sechs oder sieben aufstehen, um acht Uhr dreißig oder um neun an bestimmten Orten sein mußten und dort blieben und bis fünf oder sechs bestimmte Dinge tun mußten. Sie fragten sich niemals, was sie als nächstes zu tun hatten. Sie wußten, was sie tun mußten. Er hatte nichts zu tun und keinen Ort, wo er hingehen sollte. Er hatte eine Menge Geld, das er ausgeben konnte, ungefähr siebentausend Dollar, die von seinem Anteil an den letzten beiden Einbrüchen übriggeblieben waren, aber er wußte nicht, wie er sie ausgeben sollte. Es gab nichts, was er sich wünschte. Er versuchte, sich etwas auszudenken, was er haben wollte, aber dann zog sich eine Mauer durch seinen Kopf und sperrte alle konkreten Dinge aus.

Also ging er zum Haus zurück, weil es keinen anderen Ort gab, wohin er hätte gehen können. Das Haus bedeutete Beruhigung, das Haus bedeutete Sicherheit. Auf eine sonderbare Art und Weise war das Haus wirklich ein Zuhause.

Als er eintrat, hörte er Baylocks Stimme in der Küche. Er ging in die Küche. Baylock und Dohmer saßen am Tisch und spielten ihre eigene Version eines Pokerspiels zu zweit. Dohmer zeigte eine verdeckte Karte, ein As, das zu einem anderen paßte, und gab ihm das Blatt. Dann nahm Dohmer einen Dollar und siebzig Cents, und sie legten die Karten beiseite und sahen Harbin an.

Baylock sagte: »Sie ist fort?«

»Hat den Zug um drei Uhr vierzig genommen.« Harbin schaute aus dem Fenster.

Für ein paar Momente waren sie still. Dann gähnte Dohmer laut. Er deutete zum Fenster und sagte: »Seht euch die Sonne an. Seht euch die Sonne da draußen an.«

»Laßt uns durch den Park ziehen«, sagte Baylock.

Finster blickte er die Karten an. Er nahm sie, mischte sie, packte sie um und legte sie wieder hin.

Harbin stand am Küchenfenster und sah sich den sonnenbeschienenen Himmel über der Gasse und den grauen Häusern an. Er dachte an Atlantic City, stellte sich die Promenade und den Strand und die Hotels an der Promenade vor.

Dohmer sagte: »Ich glaube, ich gehe was essen.«

»Du hast vor einer Stunde gegessen«, sagte Baylock.

»Dann esse ich eben jetzt wieder etwas.«

Dohmer und Baylock fuhren fort, sich zu streiten, und Harbin stand am Fenster, starrte ins Nichts. Er dachte an Gladden und an ihren Vater und an sich selbst. Er dachte an die Zeit, als er ein kleiner Junge gewesen war in einer kleinen Stadt in Iowa, das einzige Kind, sein Vater handelte mit Textilien, seine Mutter war eine furchtsame, warmherzige Frau mit einer sanften Stimme, die sich abmühte, jeden zu mögen. Als ihr Mann starb, übernahm sie das Geschäft und tat, was sie konnte, und verlor es doch am Ende. Bald kam der Tag, da sie sich Geld leihen mußte, dann ein Tag, an dem sie sich mehr Geld leihen mußte, dann der Tag, als ihr Sohn ihr Weinen in einem dunklen Zimmer hörte, und schließlich der Tag, an dem aus ihrer Erkältung eine Lungenentzündung wurde. Sie hatte nicht mehr die Kraft, dagegen anzukämpfen. Sie lebte nur noch wenige Tage. Er war zu jener Zeit in der High School. Er wußte nicht, was er tun sollte. Die Welt war eine Lawine, die auf ihn herabstürzte, und er fand sich an der Straße wieder, die von seiner kleinen Stadt fortführte. Er war sechzehn Jahre alt, und während dieses Jahres zog er herum, er suchte und wurde zornig und fürchtete sich. Es war das Jahr, in dem viele Menschen Hunger litten, es war allgemein eine schlechte Zeit. Er wäre in jenem Jahr beinahe verhungert, wenn es nicht einen Mann namens Gerald Gladden gegeben hätte.

Das Ganze geschah in Nebraska. Gerald Gladden fuhr von Omaha nach Süden, bei ihm war seine sechsjährige Tochter. Gerald war ein Mann in der Mitte seines Lebens, er war ein auf Bewährung entlassener Häftling, der nunmehr sicher war, daß er von der hohen Schule des Einbruchs genug gelernt hatte, um nicht mehr gefaßt zu werden. Es war spät am Tag, als er den Jungen sah, der mit erhobenem Daumen darum bat, mitgenommen zu werden. Sein Wagen sauste an dem Jungen vorbei, dann sah er im Rückspiegel, wie der Junge zusammensackte. Er schaltete in den Rückwärtsgang und nahm den Jungen mit.

So begann es. Die Art, wie es zu Ende ging, war grausam und gänzlich unerwartet. Harbin war gerade neunzehn geworden; er und Gerald erledigten einen Bruch in einem Etagenhaus in der Vorstadt von Detroit. Eine geschickt versteckte Alarmanlage ging los, und zehn Minuten später trafen mehrere Polizeikugeln Gerald in den Rücken, und dann durchschlug ein Geschoß seinen Kopf. Das war sein Ende. Harbin hatte mehr Glück. Er schlug sich bis zu dem Logierhaus durch, wo das kleine Mädchen schlief. Und zum ersten Mal in den drei Jahren mit Gerald warf er einen sehr langen Blick auf Geralds Tochter. Sie war ein kleines, trauriges Mädchen, dessen Mutter bei ihrer Geburt gestorben war. Harbin begriff, daß er eine Verpflichtung hatte. Als er sich einige Wochen später aus Detroit davonmachte, nahm er das kleine Mädchen mit. Einen Monat später, in Cleveland, ließ er eine Geburtsurkunde und einige andere Papiere von einem Kerl aufsetzen, der auf derlei Dinge spezialisiert war, und damit war das kleine Mädchen offiziell seine Schwester. Ihm fiel kein schöner

Vorname für sie ein, also entschied er sich für Gladden. Ihr Nachname war unwichtig. Es war ein Name, den er einfach benutzte; er war unbedeutend, weil er ihn jedesmal änderte, wenn er in eine andere Stadt kam. Er schickte Gladden auf eine Privatschule und stieg aus und fand einen Job, wo er Küchengeschirr an der Haustür verkaufte. Fünf Jahre lang beging er keinen Einbruch. Er verkaufte Geschirr, zog von Tür zu Tür und machte 35 Dollar die Woche, gerade genug für Gladden und sich. Dann traf er eines Tages Baylock, und er brachte ihn zu Dohmer, und wenige Nächte später drehten sie ihr erstes Ding.

Die erstaunlichste Sache war der Krieg. Sie fanden Mittel und Wege, sich aus allem herauszuhalten, aber sie konnten nicht dem Krieg aus dem Weg gehen. Schnell und schonungslos packte sie die Army. Nur Baylock konnte der Army entgehen, denn Baylock war vorbestraft, außerdem hatte er einen Nierenschaden. Baylock bot an, sich um Gladden zu kümmern, während Harbin fort war. Baylock hatte eine Schwester in Kansas City, und Gladden ging zu ihr, während Harbin in den Krieg zog.

Fünf Jahre vergingen, der Krieg endete, und Harbin kehrte zurück. Dohmer war bereits heimgekehrt, er arbeitete schon wieder mit Baylock. Harbin hatte das erwartet, aber er hatte nicht erwartet, daß Gladden bei diesen Einbrüchen eingesetzt wurde. Sie brauchten Gladden für Einbrüche, bei denen sie im Innern eines Hauses arbeiten mußten. Gladden war jetzt neunzehn. Sie war noch immer recht klein und noch immer traurig. Sie schien unglücklich mit dem zu sein, was sie tat, und Harbin wußte nicht, was er sagen sollte. Er hatte das Gefühl, sie wartete darauf, daß er etwas sagte, und nach einer Weile wußte er, was sie wollte. Sie wollte, daß er sagte, daß es unrecht sei, daß sie aufhören sollten, daß er wieder Küchengeschirr verkaufen würde und sie einen Job als Tellerwäscherin oder so etwas bekommen würde. Aber er konnte nichts sagen.

Sie drehten einige ziemlich große Dinger, trotzdem konnten sie nicht viel Geld beiseitelegen. Sie begannen Ärger mit den Hehlern zu kriegen. Baylock kam nicht mit den Hehlern klar. Dann gewöhnte sich Baylock auch an, andere Leute an ihren Unternehmungen zu beteiligen; das ging so weit, bis sie aus ganz verschiedenen Gründen ziemlich viele Leute bezahlen mußten. Schließlich brachte es Baylock fertig, die Dinge so zu komplizieren, daß sie wirklich in Gefahr gerieten, nicht vom Gesetz, aber von diesen Leuten. Dann übernahm Harbin die Sache und bereinigte die Dinge. Dadurch wurde Harbin zum Boß. Baylock brüllte unentwegt, er schlug soviel Krach, daß Harbin ihm schließlich sagte, er könne wieder der Boß sein. Aber Dohmer und Gladden weigerten sich, das zu akzeptieren, und Baylock gab letztlich zu, daß Harbin am besten geeignet war, ihre Unternehmungen zu leiten. Aber nun begann Baylock sich über Gladden zu beklagen. Außerdem, sagte Baylock, wären Harbins Unternehmungen zu langsam.

Harbin arbeitete wirklich sehr langsam. Es kostete ihn Wochen, um einen Einbruch zu planen, und dann noch mehrere Wochen, bevor das Ding gedreht wurde. Dann brauchte es noch Monate, bis der Hehler ins Spiel kam. Und dann vergingen weitere Monate, bis der Deal mit dem Hehler abgewickelt war. Aber das war genau die Art vorzugehen, die Gerald ihm beigebracht hatte, und das meiste, was er wußte, hatte er von Gerald gelernt. Für Gerald war es eine Wissenschaft und ein Beruf, Gerald hatte es von einem wahren Genie gelernt, einem Mann, der schließlich mit einer Million Dollar sauberem Geld nach Südamerika gegangen und dort als alter Mann gestorben war. Gerald hatte immer davon geträumt, dasselbe zu erreichen, er hatte auch immer behauptet, daß es möglich wäre, vorausgesetzt man lernte die hohe Schule, sich Zeit zu nehmen und alle Gewohnheiten und Möglichkeiten zu erkunden, bevor man etwas unternahm. Für Gerald war das wichtigste die Geduld, das Warten, doch selbst Gerald war letztlich dem Gift der Ungeduld erlegen. Sein Tod hätte in jener Nacht in Detroit vermieden werden können, wenn Gerald nur weitere fünfzehn oder zwanzig Minuten gewartet hätte, wenn er sich die Zeit genommen hätte, sich die Drähte, die auf eine zusätzliche Alarmanlage hindeuteten, näher anzusehen. Gerald hatte ein wenig mehr als dreißig Dollar in der Tasche, als er starb. Aber als er mit der Kugel im Kopf auf dem Pflaster aufschlug, wies sein Körper nach Mittelamerika, seine Hände streckten sich, griffen nach der Million Dollar in sauberem Geld.

5

Den Rest des Tages blieb Harbin im Haus. Plötzlich wurde augenscheinlich, daß jetzt, wo Gladden fort war, sich niemand mehr um den Haushalt kümmerte, und Harbin zwang sich, aufzuräumen und ziemlich lustlos herumzuwischen. Dohmer lag auf dem schäbigen Sofa und überwachte Harbins Hausarbeit, während er große Schlucke Bier trank. Baylock stand in der Tür und meinte, Harbin sollte eine Schürze umbinden. Harbin meinte, es wäre eine verdammt gute Idee, wenn sie ihre Knochen bewegten und ihm helfen würden. Für ein paar

Stunden fegten und putzten sie alle drei. Mit der Zeit wurde der Schwung der Arbeit zu einem eigenen Reiz, sie begannen zu scheuern und zu schrubben, und das Haus wurde sehr viel sauberer, bis auf die Stellen, wo Dohmer arbeitete. Dohmer brachte es fertig, einen Eimer mit Seifenlauge umzukippen. Harbin sagte ihm, er solle die Schweinerei wieder wegwischen, und Dohmer öffnete ein Fenster und meinte, die Sonne würde es trocknen. Dann ließ er sich auf das Sofa sinken und behauptete, völlig erschöpft zu sein.

Gegen sieben ging Harbin zu der Telefonzelle, um den abgesprochenen Anruf von Gladden anzunehmen. Der Drugstore lag an der Kensington Avenue, die von Kensington in Richtung Norden führte. Sie hatte von vier Zellen in einer Reihe die zweite von links ausgesucht. Er betrat die Zelle um zwei Minuten vor sieben, saß da und rauchte und wählte absichtlich eine falsche Nummer. Um sieben klingelte das Telefon in der Zelle.

Gladdens Stimme aus Atlantic City klang sehr leise, und er sagte ihr, sie sollte lauter sprechen. Sie sagte, ihr Hotelzimmer wäre sehr nett, man sähe auf das Meer hinaus, und heute würde sie sich ein gutes Essen leisten und dann einen Film sehen und früh ins Bett gehen.

Dann fragte sie: »Was wirst du machen?«

»Nichts Besonderes. Ich bin ein wenig müde.« Er war überhaupt nicht müde. Er konnte auch nicht verstehen, warum er das gesagt hatte.

Sie sagte: »Müde von was?«

»Wir haben heute das Haus sauber gemacht. Jetzt kann man beinahe wieder drin leben.«

Sie sagte: »Sag Dohmer, er soll nicht anfangen zu kochen. Wenn er erst einmal in der Küche beginnt, haben wir bald ein ganzes Regiment von Kakerlaken.

Weißt du, was ich mir heute abend ansehe? Einen Film mit Betty Grable.«

»Sie ist gut.«

»Sie spielt mit Dick Haymes.«

»Wirklich?«

»Ja, in Farbe und mit einer Menge Musik.«

»Schön«, sagte er, »viel Spaß bei dem Film.«

»Nat?«

Er wartete.

Sie sagte: »Nat, ich möchte dich etwas fragen. Ich möchte wissen, ob es okay ist, wenn ich ausgehe.«

»Was meinst du mit Ausgehen? Klar kannst du ausgehen. Wolltest du nicht heute abend ausgehen?«

»Heute abend gehe ich alleine aus. Und morgen abend wahrscheinlich auch. Aber vielleicht gehe ich an einem der nächsten Abende mit jemandem aus.«

»Ja und?«

»Ist es also okay?«

»Klar«, sagte er. »Wenn du eingeladen wirst, gehst du aus. Was soll daran falsch sein?«

»Ich wollte es nur wissen.«

»Sei nicht blöd. Du mußt so etwas nicht fragen. Handele, wie du es für richtig hältst. Nun mach«, fügte er schnell hinzu, »du wirst nicht genug Kleingeld haben, um das Gespräch zu bezahlen. Häng ein und ruf mich morgen abend um dieselbe Zeit wieder an.«

Er hängte den Hörer auf den Haken. Als er vom Drugstore wegging, nahm er ein *Evening Bulletin* mit. Seine Augen waren auf die Schlagzeile gerichtet, als er ein Fünfcentstück in einen Zigarettenautomaten warf. Die Schlagzeile sprach von einem Hunderttausend-Dollar-Einbruch. Daneben war ein Foto der Villa. Er klemmte sich die Zeitung unter den Arm. Ein paar Minuten später, in einem kleinen Restaurant, begann er die Story zu lesen, während er einer Kellnerin sagte, sie solle ihm ein Steak, ein paar Pommes frites und eine Tasse Kaffee bringen. Der Bericht besagte, es wäre das raffinierteste Ding gewesen, das jemals bei den feinen Leuten gedreht worden wäre; es gäbe auch nicht den kleinsten Hinweis. Die beiden Polizisten und das an der Villa geparkte Auto wurden nicht erwähnt, was auch sehr verständlich war, denn wenn man davon berichtet hätte, dann hätte es die Polizisten wie Idioten aussehen lassen.

Er hörte auf zu lesen, machte sich über sein Steak her und beobachtete die anderen Gäste. Seine Augen wanderten von zwei Puddingessern mittleren Alters erst zu einem einsamen jungen Mann, dann zu einer Frau, die an einem Nebentisch saß, von ihr zu drei Mädchen, die zusammensaßen, und zurück zu der Frau, denn die Frau sah ihn an.

Er war sich nicht sicher, ob sie lächelte. Ihre Lippen waren so entspannt wie ihr Blick. Er spürte, daß so etwas wie Weltkenntnis in der Art lag, wie sie dasaß und ihn ansah. Es war nicht anmaßend, es war auch nicht als vulgär zu beschreiben. Aber es war ein direkter, offener Blick, der geradewegs auf ihn gerichtet war. Für einen Moment glaubte er, vielleicht sei die Frau tief in Gedanken versunken und wisse gar nicht, daß sie ihn ansah. Er wandte den Kopf ab, dann, nach ein paar Sekunden, richtete er seine Augen wieder auf sie. Er bemerkte, daß sie irgendwie ganz und gar ungewöhnlich war.

Es begann schon mit der Farbe ihres Haars. Es war ein helles gelbliches Braun, kein Blond, und er hätte schwören können, daß es nicht gefärbt war. Es war glänzendes, lohfarbenes Haar, sie trug es glatt und straff, an einer Seite gescheitelt und dann nach hinten in den

Nacken gekämmt, wo er ein kleines braunes Band sehen konnte. Ihre Augen hatten die gleiche Farbe wie ihr Haar, dieses besondere Gelbbraun, und ihre Haut war nur eine Spur heller. Entweder, sagte er sich, war sie eine Expertin, was Bräunungslampen anging, oder ihr Kosmetiker war ein Magier. Ihre Nase war schmal, aber nicht spitz und nahm den genau richtigen Platz in ihrem Gesicht ein; ihr Gesicht war so zierlich oval, wie er es noch niemals gesehen hatte. Er konnte sehen, daß ihr Körper schlank war, außerdem wirkte er graziös, obgleich ihre Kleidung diese Grazie keineswegs betonte. Je länger er sie ansah, desto sicherer war er, daß er aufhören sollte, sie anzusehen.

Er wußte, wenn er sie weiter ansah, würde er bald fasziniert von ihr sein, und es war so etwas wie ein heiliger Grundsatz für ihn, sich zu weigern, von irgend jemandem fasziniert zu sein. Er wandte seine Augen von ihr ab, und nur um etwas zu tun, begann er mit dem Armband seiner Uhr zu spielen.

Gegenüber im Raum warf jemand eine Münze in eine Music-Box, und ein schwächlicher, flüsternder Bariton flehte die Welt um Erbarmen an, denn ein Mädchen in einem orangefarbenen Kleid wäre gegangen und würde niemals zurückkehren. Harbin hatte sein Steak gegessen und zündete sich eine Zigarette an und goß Milch in seinen Kaffee. Er kam sich selbst ziemlich ruhelos vor. Er beschloß, in die Stadt zu gehen und an einem der großen, besseren Tische Billard zu spielen. Dann änderte er seine Meinung, weil er glaubte, er könne etwas Besseres tun. Vielleicht sollte er in die Bibliothek gehen. Seit ein paar Wochen war er schon nicht mehr in der Bibliothek gewesen. Er liebte es, in die große Bibliothek am Parkway zu gehen, wo schier unerschöpfliche Wellen der Stille auf ihn einströmten und wo er sitzen und die dicken Bücher über Edelsteine lesen konnte. Das war ein besonders interessantes Thema. Viele Male hatte er die Leute imitiert, die mit ihren Notizheften in der Bibliothek saßen und studierten. Er hatte sich ein kleines Notizbuch in die Bibliothek mitgebracht und sich Notizen über die kostbaren Steine gemacht. Heute abend, sagte er sich, wäre ein guter Abend, um die Bibliothek aufzusuchen. Er stand von seinem Tisch auf, hielt seine Augen auf die Tür gerichtet, aber er wußte, er würde seinen Kopf für nur einen weiteren Blick drehen. Er wandte den Kopf. Er sah sie an, und ihre Augen ruhten auf ihm.

Sie war nur ein paar Schritte entfernt, aber ihre Stimme schien aus einer anderen Welt zu kommen. »Hat Ihnen Ihr Essen geschmeckt?«

Er nickte zögernd.

»Ich glaube Ihnen nicht. Sie sehen nicht so aus, als hätte es geschmeckt.«

Ohne sich von der Stelle zu rühren, sagte er: »Machen Sie das immer? In Restaurants gehen und zuschauen, ob den Leuten ihr Essen schmeckt?«

Die Frau sagte: »Vielleicht bin ich zu plump gewesen.«

»Sie sind nicht plump«, sagte Harbin. »Sie sind nur aufmerksam.« Er kam auf sie zu. »Was hat Ihre Aufmerksamkeit erregt?«

»Sie sind ein Typ.«

»Ein besonderer Typ?«

»Für mich ein besonderer Typ.«

»Das ist aber zu dumm.« Harbin lächelte. Er lächelte so freundlich, wie er lächeln konnte.

Er hatte das Gefühl, daß sie mindestens zweimal verheiratet gewesen war, daß sie auch jetzt einen Mann hatte und mindestens drei in der Hinterhand. Er fragte sich selbst, was dieses Spielchen sollte. Er hatte so etwas immer vermieden, und warum ließ er sich jetzt darauf ein? Die Antwort kam, schnell und heftig. Niemals zuvor hatte er etwas gesehen, das dem hier nahekam.

»Wenn Sie Gesellschaft suchen«, sagte er, »können Sie mit mir kommen.«

»Wohin?«

»In Ordnung«, sagte er. »Vergessen Sie es.«

Er kehrte ihr den Rücken zu und ging zur Kasse. Er bezahlte seine Rechnung, verließ das Restaurant und ging an die Ecke, wo er auf ein Taxi wartete. In der schwülen Nachtluft lag der Geruch von abgestandenem Qualm aus den Fabriken, die den ganzen Tag in Betrieb gewesen waren, und der Geruch von billigem Whiskey, alten Zigaretten und von Frühling in Philadelphia. Dann kam ein anderer Geruch hinzu. Er atmete ihn ein, und er wußte, daß die Farbe dieses Parfüms lohfarben war.

Sie stand hinter ihm. »Gewöhnlich mache ich solche Spielchen nicht.«

Er sah sie an. »Wohin möchten Sie gehen?«

»Irgendwohin, wo wir etwas trinken können.«

»Ich habe keine Lust, etwas zu trinken.«

»Sagen Sie«, sagte sie, »ist es schwer, mit Ihnen auszukommen?«

»Nein.«

»Sie glauben, wir können miteinander auskommen?«

»Nein.« Ein Taxi fuhr mitten auf der Straße heran, und er winkte ihm. Als er in das Taxi stieg, sagte sich Harbin, daß er die Sache so behandelt hatte, wie er es tun sollte, und jede andere Art wäre ein Fehler gewesen, und wie die Dinge aussahen, hatte er schon einen Fehler begangen, als er überhaupt mit ihr redete. Er machte Anstalten, die Tür zu schließen, aber sie stieg bereits in das Taxi, und er bemerkte, daß er schon weiterrückte, um ihr Platz zu machen.

Der Fahrer drehte sich um. »Wohin wollen Sie?«

»Free Library«, sagte Harbin. »Am Parkway.« Er musterte sie, und für ein paar Momente starrte sie nur geradeaus, dann wandte sie langsam den Kopf und sah ihn an. Sie lächelte, und ihr Mund öffnete sich ein wenig. Er konnte ihre Zähne sehen.

Sie sagte: »Mein Name ist Della.«

»Nathaniel.«

»Nat«, sagte sie. »Das ist der richtige Name für Sie. Es ist ein sanfter Name, aber irgendwo ist da ein Knistern. Ein sanftes Knistern. Es ist der Name für ein besonderes Leder.« Sie zog an ihrer Zigarette und atmete aus. »Was machen Sie so beruflich?«

»Wollen Sie das wirklich wissen, oder wollen Sie nur irgend etwas reden?«

»Ich möchte es wirklich wissen. Wenn ich mich für einen Mann interessiere, möchte ich alles über ihn wissen.«

Er nickte leicht zweifelnd. »Das ist entweder ein sehr guter Grundsatz oder ein sehr schlechter. Damit schaffen Sie sich eine Menge Enttäuschungen. Angenommen, ich würde Ihnen sagen, ich wäre Schuhverkäufer und machte vierzig Dollar in der Woche.«

»Sie würden lügen.«

»Sicher«, sagte er. »Ich bin viel zu klug, um mein Geld als Schuhverkäufer zu verdienen. Ich habe dieses Knistern, dieses weiche Knistern. Erzählen Sie mir davon. Erzählen Sie mir die Geschichte meines Lebens, und was ich mit dem Rest davon anfangen soll.« Er sah sie stirnrunzelnd an, aber in seinem Blick lag nichts als ehrliche Neugier. »Was wollen Sie? Worauf sind Sie aus?«

»Was ich im Grunde will?« Sie lächelte nicht länger. Sie hielt ihre Zigarette ganz nah am Mund, hatte aber vergessen zu rauchen. Ihre Augen waren ein wenig geweitet, als wäre sie selbst über die Antwort erstaunt, die sie geben wollte. »Im Grunde«, sagte sie, »bin ich hier, um mir einen Liebhaber zu suchen.«

Die Wucht ihrer Worte war wie der erste Kontakt mit einer heranrollenden Dampfwalze. Er zwang sich, sein Gleichgewicht wiederzufinden. Frauen waren in seinem Leben nie ein Problem gewesen, obschon es die Möglichkeit immer gegeben hatte; immer konnte er sich dergleichen Probleme vorstellen. Er hatte es jedoch nie sonderlich schwierig gefunden, Probleme zu umgehen und sich von ärgerlichen Verwicklungen fernzuhalten. Es war alles eine Sache des richtigen Zeitpunkts. Zu wissen, wann man gehen mußte. Und er wußte, so wahr er da saß, daß es an der Zeit war zu gehen. Sofort. Den Fahrer bitten anzuhalten, die Tür zu öffnen und auszusteigen und zu gehen, immer weiter gehen.

Sie hielt ihn. Er wußte nicht, wie sie es anstellte, aber sie hielt ihn zurück, als hätte sie ihn an Händen und Füßen gefesselt. Sie hatte ihn im Taxi in der Falle, und er blickte sie haßerfüllt an.

»Warum?« fragte sie. »Warum dieser Blick?«

Er konnte nicht antworten.

Sie sagte: »Haben Sie Angst?« Ohne sich zu bewegen, schien sie sich zu ihm herüberzulehnen. »Mache ich Ihnen Angst, Nat?«

»Sie wecken in mir feindselige Gefühle.«

»Hören Sie zu, Nat . . .«

»Seien Sie still«, sagte er. »Lassen Sie mich darüber nachdenken.«

Sie nickte langsam und übertrieben. Er sah ihr Profil, die ruhige Linie ihrer Augenbraue, ihrer Nase und ihres Kinns, die Zigarette ein Stück vor ihren Lippen und den Rauch der Zigarette. Dann zwang er sich, seine Augen von ihr abzuwenden, und auch ohne sie anzusehen, sah er sie. Die Fahrt zur Bibliothek dauerte etwas mehr als zwanzig Minuten. Sie sprachen kein Wort, und doch war es, als redeten sie während der Fahrt unentwegt miteinander. Das Taxi hielt vor der Bibliothek, und keiner von ihnen rührte sich. Der Fahrer sagte, sie wären an der Bibliothek, und keiner von ihnen rührte sich. Der Fahrer zuckte die Achseln, ließ den Motor im Leerlauf weiterlaufen und saß da und wartete.

Nach einer Weile sagte der Fahrer: »Nun, wie hätten Sie es jetzt gern?«

»So wie es sein soll«, sagte sie. Als sie auf Harbin zuglitt, gab sie dem Fahrer eine Adresse.

6

Es war im Norden der Stadt, in einem Teil, der als Germantown bekannt war. Um dorthin zu gelangen, mußte das Taxi dem Schuylkill River folgen, folgte dem nächtlichen Glanz des Flusses den River Drive entlang, bog dann ab und folgte dem Wissahickon Creek und führte an den kleinen Reihenhäusern der Arbeiter vorbei, die am Rand von Germantown lebten. Das Taxi fuhr weiter nach Germantown hinein und hielt schließlich vor einem kleinen Haus in der Mitte eines ziemlich schlecht beleuchteten Häuserblocks.

Das Innere des Hauses war eine Kombination aus einem pastelligen und einem dunklen Grün; Grün war vorherrschend, die Möbel waren grün, die Tapeten ebenso grün und die Teppiche dunkelgrau. Es war ein altes Haus, das renoviert worden war. Über dem Kamin, in einem lohfarbenen Rahmen, steckte eine Zeichnung von Dellas Gesicht, sie war in lohfarbener Tempera gearbeitet auf matter, lohfarbener Pappe. Der Name des Künstlers sah spanisch aus.

Harbin sagte: »Sie haben eine Menge Geld, nicht wahr?«

»Eine ordentliche Summe.«

Er wandte sich von der Zeichnung ab. »Wo haben Sie es her?«

»Mein Mann starb vor einem Jahr. Er hinterließ mir einige Einkünfte. Fünfzehntausend pro Jahr.«

Sie hatte in einem tiefen Sofa Platz genommen, das aussah, als wäre es aus Pistazieneis hergestellt und würde jede Minute schmelzen. Er ging auf das Sofa zu, dann wandte er sich seitwärts ab, bis er eine Wand erreicht hatte. »Wie verbringen Sie Ihre Zeit?«

»Schlecht«, sagte sie. »Ich schlafe zuviel. Ich bin krank und müde, weil ich die ganze Zeit schlafe. Irgendwann in nächster Zeit werde ich einen Laden aufmachen oder so etwas. Kommen Sie her zu mir.«

»Später.«

»Jetzt.«

»Später.« Er schaute weiterhin die Wand an. »Haben Sie viele Freunde?«

»Nein. Keine wirklichen Freunde, nur ein paar Leute, die ich kenne. Ich gehe mit ihnen aus, und der Abend wird lang und länger, bis ich Lust bekomme, ein Feuerwerk anzuzünden. Ich kann Leute nicht ausstehen, die nicht aufregend sind.«

»Sie finden mich aufregend?«

»Kommen Sie zu mir, und wir werden es herausfinden.«

Er schenkte ihr ein flüchtiges Lächeln, und dann

blickte er auf den Teppich. »Davon abgesehen«, sagte er, »was denken Sie, können wir einander bieten?«

»Uns.«

»Ganz und gar?«

»Alles«, sagte sie. »Auf eine andere Weise würde ich es nicht wollen. Das müssen Sie von mir wissen. Als ich das erste Mal heiratete, war ich fünfzehn. Der Junge war ein paar Jahre älter, wir lebten auf zwei benachbarten Farmen in South Dakota. Wir waren ein paar Monate verheiratet, da wurde er von einem Traktor überfahren. Ich ging, um mir einen anderen Mann zu suchen. Nicht eigentlich, um zu heiraten, sondern nur, weil ich einen Mann brauchte. Also beschaffte ich mir einen Mann. Und dann einen anderen und noch einen anderen. Und wieder andere. Jeder hatte etwas zu bieten, aber es war nicht das, was ich wollte. Ich habe immer gewußt, was ich wollte. Vor sechs Jahren, als ich zweiundzwanzig war, heiratete ich zum zweiten Mal. Das war in Dallas; ich verkaufte Zigaretten in einem Nachtclub. Der Mann war verheiratet, er war mit seiner Frau gekommen, um zum ersten Mal in zehn Jahren richtig Urlaub zu machen. Er war vierzig und besaß ein Vermögen. Kupferminen in Colorado. Er begann mit mir herumzumachen, und schließlich ging seine Frau nach Colorado zurück und reichte die Scheidung ein. Der Mann heiratete mich. Nach vier Jahren Ehe begann er mir auf die Nerven zu gehen. Er fing an, eifersüchtig zu werden. Eifersucht ist okay, wenn man es mit Finesse anstellt. Sie verstehen, das sanfte Knistern. So ist es interessant. Aber bei ihm war es nur rote, heiße Wut. Er drohte, mir den Hals umzudrehen. Eines Abends schlug er mich ins Gesicht. Mit der Faust. Das war vor ungefähr einem Jahr. Ich sagte ihm, er solle seine Sachen packen und sich auf die andere Seite der Welt verziehen. Er ging, und ein paar

Tage später stürzte er sich von einem Fischerboot. Ich fing an, mich nach einem anderen Mann umzuschauen. Mein ganzes Leben lang suche ich nach einem ganz bestimmten Mann. Meinen Sie, ich sollte mich weiter umschauen?«

Er sagte nichts.

»Ich möchte eine Antwort.«

»Das braucht seine Zeit.«

»Langweilen Sie mich nicht«, sagte sie. »Stehen Sie nicht herum und grübeln darüber nach.« Eine gewisse Strenge kam in ihre Stimme. Sie führte sich auf, als befänden sie sich mitten in einer Krise. »Ich habe auf heute abend gewartet. Ich habe eine lange Zeit gewartet. Ich habe heute abend dagesessen und Sie an Ihrem Tisch beobachtet. Ich sah, wie Sie aßen. Und ich wußte Bescheid. Es gab überhaupt keinen Zweifel.«

Er blickte auf seine Armbanduhr. »Wir kennen uns seit genau zwei Stunden und sechzehn Minuten.«

Sie stand vom Sofa auf und kam auf ihn zu. »Lassen Sie Ihre Armbanduhr Ihre Entscheidungen treffen? Ich habe mich niemals von der Zeit leiten lassen. Ich werde das auch niemals tun. Mein Gott, ich weiß Bescheid, ich stehe hier und sage dir, daß ich Bescheid weiß. Und du weißt es auch. Und wenn du es leugnest, wenn du daran zweifelst oder dich nicht gleich entscheidest, ich schwöre, ich werfe dich hinaus . . .«

Er kam auf sie zu und küßte sie heftig auf den Mund.

Die Feuchtigkeit ihrer Lippen strömte in ihn. Ein Riß war in seinem Kopf, als liefe alles aus seinem Kopf heraus und Della käme herein, füllte seinen Kopf, so daß es nur noch Della gab. Für einen einzigen, verfluchten Moment versuchte er sich von ihr loszureißen und wieder zu sich selbst zu kommen. Und in diesem Moment halfen sie ihm, Dohmer und Baylock. Sie halfen ihm, als er sich losreißen wollte. Aber Gladden half ihm nicht. Gladden war nicht da. Gladden sollte da sein und ihm helfen. Gladden ließ ihn im Stich. Wenn sie nicht gegangen wäre, wäre das alles nicht passiert. Es war alles Gladdens Schuld. Er trieb seine Gedanken so weit und konnte sie nicht weitertreiben, denn von da an gab es nur noch Della. Sie waren sehr weit von der Erde entfernt, und es existierte nichts außer Della.

Um kurz nach sechs am Morgen stand er unter der Dusche und ließ das Wasser so kalt laufen wie es ging. Er hörte ihre Stimme durch die Badezimmertür, sie fragte ihn, was er zum Frühstück wolle. Er sagte ihr, sie solle wieder schlafen gehen, er würde sich draußen etwas besorgen. Sie erwiderte, er würde hier frühstücken. Als er die Treppe hinunterkam, war der Orangensaft schon gepreßt, und sie war in der Küche damit beschäftigt, Eier und Schinken zu braten.

Sie nippten an ihrem Orangensaft. Sie sagte: »Bald werden wir das auf dem Land tun.«

»Du magst das Land.«

»Weit draußen«, sagte sie. »Ich habe schon ein Haus. Zwischen hier und Harrisburg. Es ist eine Farm, aber wir werden keine Farmer sein. Wir werden nur dort leben. Es ist ein wunderschöner Ort. Mein Wagen wird gerade repariert, aber vielleicht wird er gegen Mittag fertig. Wir fahren dann raus, und ich zeige es dir.«

»Ich kann nicht.«

»Warum nicht?«

»Ich muß mich mit ein paar Leuten treffen.«

»Du meinst, du mußt arbeiten?«

»In gewisser Weise.«

»Wie lange wirst du weg sein?«

»Ich weiß nicht. Erzähle weiter. Erzähl mir mehr über diese Farm auf dem Land.«

»Sie liegt ungefähr dreißig Meilen jenseits von Lancaster. In den berühmten Bergen von Pennsylvania. Sie liegt auf einem recht hohen Hügel, nicht auf der Spitze, sondern an einer Seite, wo ein Hang in ein kleines Plateau übergeht, ehe er wieder steil abfällt. Von dort siehst du die anderen Hügel, die grünsten Hügel, die du je in deinem Leben gesehen hast. Dann weiter entfernt und doch irgendwie so nah, als lägen sie direkt vor einem, haben wir Berge, lavendelfarbene Berge. Du siehst den Fluß, aber vorher siehst du den Bach. Er kommt in vielen Windungen auf dich zu, schlängelt sich zu einem Teich, in den du deine Hand halten kannst, wenn du dich aus dem Schlafzimmerfenster lehnst. Der Teich ist echt tief, so daß du am Morgen, wenn du in der Stimmung bist, einfach aus dem Fenster in das Wasser steigen kannst.«

»Was machen wir dort?«

»Wir leben dort. Zusammen in dem Haus auf dem Hügel. Keine Menschenseele in der Nähe. Wir werden dort zusammensein.«

Er nickte nachdenklich.

Sie beendeten das Frühstück, tranken noch einen Kaffee, rauchten noch ein paar Zigaretten, und dann ging sie mit ihm zur Tür. Er berührte ihr Gesicht mit seinen Händen.

»Du bleibst hier«, sagte er. »Warte auf meinen Anruf. Ich komme gegen Mittag zurück, und dann fahren wir, um uns deine Farm anzusehen.«

Sie hatte die Augen geschlossen. »Ich weiß, daß es für immer ist. Ich weiß . . .«

Als er das Haus verließ, schien es ihm, als sei er völlig schwerelos.

Das Taxi ließ ihn an der Kensington und Allegheny aussteigen, und er beschloß, die sieben Blocks bis zum

Haus zu Fuß zu gehen. Er hatte keine Lust, zum Haus zurückzukehren. Er hatte kein Verlangen, das Haus zu sehen, und wünschte sich, es gäbe einen anderen Ort, wo er hingehen könnte. Was er wirklich wollte, war, ein Taxi zu rufen und zu Della zurückzufahren. Er lief auf das Haus zu, als hätte er Blei in den Beinen, sein Stirnrunzeln vertiefte sich, als er den Smaragden und Dohmer und Baylock immer näher kam.

Er ging in das Haus, um Dohmer in der Küche fluchen zu hören. »Mäuse«, schrie Dohmer. »Diese verdammten Mäuse.« Dann tauchte Dohmer aus der Küche auf und starrte ihn an. »Wo bist du die ganze Nacht gewesen?«

»Bei einer Frau. Schläft Baylock?«

»Wie ein Toter«, sagte Dohmer. »Wir haben bis halb fünf Karten gespielt. Fast einen Hunderter habe ich ihm abgenommen. Wir haben eine Horde Mäuse in der Küche.«

»Geh rauf und weck ihn.«

»Stimmt etwas nicht?«

»Sehe ich aus, als ob etwas nicht stimmt?«

»Darauf kannst du wetten«, sagte Dohmer. »Du siehst aus, als schwebtest du in den Wolken. Hat dich jemand mit einer Nadel gestochen?«

Harbin antwortete nicht. Er beobachtete, wie Dohmer die Treppe hinaufging, und steckte sich eine Zigarette in den Mund und begann, auf ihr herumzukauen. Dann nahm er sie wieder heraus und zerbröselte den Tabak auf den Boden. Von oben hörte er Baylock protestierend wimmern, alles, was er vom Leben wolle, sei in Ruhe gelassen werden, er wolle schlafen und sterben.

Sie kamen herunter, und Baylock warf ihm einen langen Blick zu und fuhr ihn sofort mit zischender Stimme an: »Was ist passiert? Ich wette, es ist etwas passiert.«

»Hör auf.« Harbin versuchte, sich eine Zigarette anzustecken, aber es klappte nicht, und er nahm eine andere. »Ich steige aus.«

Dohmer sah Baylock an, und Baylock stierte gegen die Wand. Baylocks Kopf drehte sich wie der Kopf einer Puppe. Seine Augen richteten sich wieder auf Harbin, und er sagte: »Ich habe es gewußt.« Sein Kopf drehte sich weiter, wandte sich Dohmer zu. »Ich wußte, daß etwas passiert ist.«

»Nichts, außer, daß ich aussteige«, sagte Harbin. »Hört zu und kapiert es oder kapiert es nicht. Ich habe gestern abend eine Frau getroffen. Ich gehe weg mit ihr. Heute noch.«

»Er geht weg«, keuchte Dohmer. »Er geht tatsächlich weg.«

Harbin nickte zögernd. »Das ist die einzige Art, wie man es sagen kann.«

Baylock kratzte sich eine Seite seines Gesichtes. Er sah Harbin an, sah weg. »Ich sehe nicht, wie du das tun kannst.«

»Ganz einfach«, sagte Harbin. »Mit meinen Beinen. Rechter Fuß, linker Fuß, und schon geht man weg.«

»Nein.« Baylock schüttelte schnell den Kopf. »Nein, das kannst du nicht tun.«

»Das kannst du nicht tun«, sagte Dohmer zu Harbin. »Um Gottes willen.«

»Die Frau«, fragte Baylock, »wer ist diese Frau?«

»Nur eine Frau«, sagte Harbin, »das ist alles, was ihr wissen müßt.«

»Hast du das gehört?« wandte sich Baylock an Dohmer. »Hast du das gehört? Er sagt, das ist alles, was ihr wissen müßt. Keine Erklärung, kein Zuhören, rein gar nichts. Nur eine Frau, und er ist weg wie nichts.« Und dabei schnippte Baylock mit den Fingern. Dann drehte er sich zu Harbin herum. »Wie gut, glaubst du, kennst du mich? Wie gut, glaubst du, kennst du ihn?« Er deutete auf Dohmer. »Glaubst du wirklich, wir stehen hier und gucken zu, wie du gehst?« Er fing an zu lachen, unterbrach sich aber abrupt und musterte Harbin, als spähten seine Augen durch Schlitze in einer Wand. »Du irrst dich, Nat. Du irrst dich so sehr, daß es beinahe schon komisch ist. Wir können dich nicht einfach so gehen lassen.«

Harbin spürte den Boden unter seinen Füßen. Der Boden begann ein wenig nachzugeben. Er wartete darauf, daß er wieder fester werden würde. Er sagte: »Sieh die Sache nüchtern.«

Baylock breitete die Arme aus. »Ich sehe die Sache völlig nüchtern. Wenn du gehst, gibt es einen Riß im Damm. Der Riß wird größer. Das Wasser bricht durch. Deine eigenen Worte, Nat. Wir sind eine Organisation. Man ist in sieben Städten und wer weiß wie vielen kleinen Kaffs hinter uns her. Wenn sie Dohmer erwischen, ist er für zehn bis zwanzig Jahre weg vom Fenster. Das gleiche gilt für Gladden. Wenn sie mich kriegen, kann ich gleich auf Wiedersehen sagen. Das macht mich zum Schwerverbrecher, und das bedeutet wenigstens zwanzig bis vierzig Jahre. Hör zu, Nat«, und Baylock duckte sich, seine Augen waren beinahe geschlossen. »Wenn ich sterbe, möchte ich im Sonnenschein sterben.«

Harbin wartete einen Moment. Dann schüttelte er langsam den Kopf. »Du redest doch an der Sache vorbei.«

»Die Sache ist«, Baylocks Stimme bebte ein wenig, »daß du in dem Augenblick, wo du hier rausgehst, auf der falschen Seite stehst.«

»Ihr glaubt«, sagte Harbin, »ich würde ein schmutziges

Spiel spielen? Ihr glaubt, ich würde den Mund aufmachen?«

»Ich glaube das nicht«, sagte Dohmer leise. »Ich würde eine Million zu eins dagegen wetten. Aber trotzdem bleibt es eine Wette.« Er schüttelte wieder den Kopf. »Ich mag solche Wetten nicht.«

»Noch etwas anderes«, sagte Baylock. »Was ist mit deinem Anteil an der Beute?«

»Ich will ihn haben.« Harbin dachte ein paar Züge voraus. Er hatte kein Interesse an seinem Anteil von der Beute, aber nun war die ganze Sache zu einem Pokerspiel geworden, und er sah die Notwendigkeit, sich aus der Klemme zu befreien, in die sie ihn gebracht hatten.

Baylock rührte sich: »Er will seinen Anteil an der Beute. Das ist wirklich nett.«

»Was ist daran nett?« Harbin erhob seine Stimme ein wenig. »Wenn du von meinem Anteil sprichst, dann meinst du ja wohl auch meinen Anteil. Kriege ich ihn nicht?«

»Nein.« Baylock stellte ihn auf die Probe. Er machte es nicht sehr gut. Es war zu offensichtlich. Baylocks Gesicht verriet, daß er ihn auf die Probe stellte, und lieferte Harbin die Formel für den nächsten Zug.

Harbin ging durch den Raum und setzte sich auf einen Stuhl, der ziemlich wacklig aussah. Er blickte nachdenklich auf den Boden. »Du bist ein Schuft, Joe. Weißt du das? Begreifst du, was für ein Schuft du bist?«

»Sieh mich an«, schrie Baylock. »Siehst du mich vielleicht, wie ich versuche, mich davonzumachen?« Baylock bahnte sich einen Weg auf Harbin zu; es sah aus, als bewege er sich auf Schienen. »Ich bin bereit, darüber zu reden, aber du willst ja nicht reden.« Baylock wartete auf eine Entgegnung, aber Harbin gab ihm keine Entgegnung, und schließlich sagte Baylock: »Alles, was wir wollen, ist ein Grund. Etwas, das wir glauben können.« Dann ging Baylock weg von dem Pokertisch. »Gib uns einen Grund, okay? Wenn du uns etwas gibst, verstehen wir es vielleicht. Die Sache mit der Frau können wir nicht glauben; wir wollen wissen, was wirklich dahintersteckt.«

Harbin hatte es jetzt, er sah die verdeckte Karte, die Baylock umgedreht hatte, und wußte, daß er ganz allein mit dem ganzen Gewinn am Tisch saß, weil sie nicht mit ihm in einer Klasse spielten, weil sie nicht anfangen konnten, mit ihm zu konkurrieren, wenn es darum ging, mit einer schwierigen Situation fertig zu werden. Das war absolut sicher. Und doch, unter seinem ausdruckslosen Gesicht war er wütend auf sie. Sie zwangen ihn zu Täuschungen, nötigten ihn zu lügen. Und er haßte es zu lügen. Selbst wenn er es bei geschäftlichen Dingen mit Außenstehenden zu tun hatte, fühlte er sich unbehaglich, wenn er log. Und nun hatten sie die Sache so gedreht, daß er sie anlügen mußte.

Er sagte: »Wenn ihr es wirklich wissen wollt, sage ich es euch. Ich hatte gehofft, ihr würdet mich nicht dazu zwingen, aber so wie es nun mal aussieht, schätze ich, muß ich es euch sagen.« Er fand, es sei Zeit für einen Seufzer, und dann, während sie ihn anstarrten und nicht zu atmen wagten, fuhr er fort: »Da gibt es ein paar große Dinger, die ich drehen möchte, und ihr seid schlicht und einfach nicht dafür geeignet. Ihr habt nicht das, was ich brauche. Ihr habt es einfach nicht, das ist alles.«

Die Stille, die darauf folgte, war eine Stille voller Schrecken und Unbehagen und voller Schmerz. Dohmer hatte eine Hand auf eine Hälfte seines Gesichtes gelegt, er warf den Kopf hin und her, und seltsame Geräusche drangen aus seiner Kehle. Baylock begann, ziellos durch den Raum zu gehen, er versuchte etwas zu sagen, brachte aber keinen Laut über die Lippen.

»Ich wollte es nicht sagen«, sagte Harbin. »Ihr habt mich dazu gebracht.«

Baylock lehnte sich gegen eine Wand und stierte in die Luft. »Wir haben nicht das, was du brauchst? Wir sind nicht erste Klasse?«

»Das genau ist es. Es sind die Nerven. Ich habe es kommen sehen und wollte es nicht glauben. Ihr werdet nervös, ihr beiden. Und Gladden hat nicht die Konstitution. Ich habe es heute nacht gesehen. Ich habe mir deswegen Gedanken gemacht, sehr viele Gedanken.«

Baylock wandte sich an Dohmer. »Er meint, wir haben nicht seine Klasse.«

»Ich will große Dinger drehen«, erklärte Harbin ihnen. »Das Risiko verdreifachen. Einbrüche, wo jede Bewegung ein Drahtseilakt ist, wo jeder Schritt stimmen muß. Ich brauche die besten Leute, die ich kriegen kann.«

»Hast du sie schon?« fragte Baylock.

Harbin schüttelte den Kopf. »Ich gehe, um sie mir zu suchen.«

Wieder trat Stille ein, schließlich stand Dohmer auf und brachte einen tiefen Seufzer heraus. »Wenn die Dinge so laufen sollen, sollen sie eben so laufen.«

»Eine Sache noch.« Harbin schritt auf die Tür zu. »Seid gut zu Gladden. Seid wirklich gut zu ihr.«

Dann hatte er ihnen den Rücken zugewandt. Die Tür kam näher. Er hörte, wie Dohmer schwer atmete. Er glaubte, er hörte Dohmer keuchen: »Nat, um Gottes willen«, und dann ein letztes flehendes Wimmern von Baylock und dann eine andere Stimme, und ein Schauder durchfuhr ihn, denn er begriff, daß es Gladdens Stimme war. Alle ihre Stimmen waren in ihm, als er die Tür öffnete, dann trieben sie hinter ihm davon, als er hindurchging.

7

Dellas Wagen war ein hellgrüner Pontiac, ein neues Kabriolett, und sie hatten das Verdeck unten, als sie Lancaster hinter sich ließen und auf der Route 30 nach Westen fuhren. Sie hielten fünfzig Meilen in der Stunde, die Sonne schien über ihren Köpfen, und ein Lächeln lag auf ihren Gesichtern. Die Straße fiel ein wenig ab, und zu beiden Seiten der Straße erhoben sich sanfte Hügel. Dann folgte die Straße der Hügelkette, und sie fuhren bergan.

»Ich habe gesehen«, sagte Della, »daß du keine Sachen mitgebracht hast.« Sie deutete auf seine Kleidung. »Das sind alle Kleider, die du hast?«

»Das ist alles, was ich brauche.«

»Ich mag den Anzug nicht.«

»Du wirst mir einen anderen kaufen.«

»Ich werde dir alles kaufen.« Sie lächelte. »Was wünschst du dir?«

»Nichts.«

Der Pontiac nahm eine Kurve und erreichte die Hügelkuppe, von wo aus sie alles überschauten, sie sahen andere Hügel, die höher waren als dieser eine, grüne Hügel mit einem sanften Schimmer im hellen Sonnenlicht. Eine Schlange aus Silber wand sich um einen dieser Hügel, und als er näher kam, wußte Harbin, daß es der Hügel war, von dem sie gesprochen hatte, und daß dort das Haus auf dem Hügel stand. Er konnte es sehen, ein Haus aus weißem Stein mit einem gelben Giebeldach. Es lag auf dem Plateau, das die Hügelkette unterbrach, und die silberne Schlange war der Bach, und dann sah er den Teich, ebenfalls ein Schimmer aus Silber, und den Fluß im Norden und die lavendelfarbenen Berge.

Sie steuerte den Wagen hinauf, dann wieder leicht bergab und wieder ein paar Hügel hinauf, bog dann in eine enge, nicht gepflasterte Straße, wo der Wagen wieder bergan fuhr. An einer Seite, vielleicht zwanzig Meter entfernt, lief der Bach vom Teich zum Fluß hinunter; es sah aus, als stiege er mit ihnen bergan. Harbin hatte das Gefühl, als würden sie alle Menschen der Welt zurücklassen. Eine andere, noch engere Straße kam, hohes Gras und Bäume umgaben sie, und dann stand das Farmhaus vor ihnen. Sie parkte den Wagen neben dem Haus, und sie stiegen aus dem Wagen und standen da und betrachteten das Haus.

»Ich habe es vor vier Monaten gekauft«, sagte sie. »Ich bin zum Wochenende hier herausgekommen, blieb hier allein und wünschte mir, daß jemand bei mir wäre. Hier, in diesem Haus, und daß er nie wieder fortginge.«

Sie betraten das Haus. Sie hatte alles lohfarben gehalten, der Farbe ihres Haares mit ein wenig Gelb hier und da und einem lohfarbenen, grobmaschigen Teppich, der bis zur Küche reichte. Von der Küche aus konnten sie die Scheune sehen, die in dem gleichen Weiß gehalten war wie das Haus. Und dann den Rest des kleinen Plateaus, ein wenig Grünland jenseits der Scheune.

Sie setzte sich ans Klavier und spielte etwas von Schumann. Er stand in der Nähe des Klaviers. Für eine Weile hörte er die Musik, aber dann wurde sie immer unbedeutender. Er spürte, wie sich Falten tief in seine

Stirn gruben. Dann bemerkte er die plötzliche Stille, was bedeutete, daß ihre Finger nicht mehr über die Tasten glitten.

»Jetzt«, sagte sie, »jetzt erzähl mir.«

Er steckte sich eine Zigarette in den Mund, biß darauf herum, nahm sie wieder aus dem Mund und legte sie behutsam in einen großen, gläsernen Aschenbecher. »Ich bin ein Verbrecher.«

Nach einer Weile sagte sie: »Was für ein Verbrecher?«

»Einbrecher.«

»Arbeitest du allein?«

»Ich hatte drei Leute, die mit mir arbeiteten.«

»Was ist mit ihnen?«

»Heute morgen habe ich sie verlassen.«

»Haben sie mit dir gestritten?«

»Ein wenig. Ich mußte ihnen etwas vormachen. Ich sagte, ich hätte große Pläne, und sie besäßen nicht die Klasse, um mitzumachen.«

Sie durchquerte den Raum und setzte sich auf einen lohfarbenen Stuhl. »Worauf wart ihr spezialisiert?«

»Wir waren hinter Juwelen her. Sie haben noch einen hübschen Fang an Smaragden, aber sie müssen eine ganze Zeit warten, bis sie die zu Geld machen können. Aber das alles ist jetzt sehr weit weg von mir. Es ist Vergangenheit.«

»Aber es macht dir noch Sorgen.«

»Zum Teil.«

»Ich möchte davon erfahren. Wir müssen alles ausräumen, was dir Sorgen macht. Wir fangen sofort damit an, ich möchte, daß nicht die geringste Kleinigkeit dir Sorgen macht.«

»Eine von uns«, sagte er, »war ein Mädchen.« Dann erzählte er ihr von Gladden und Gladdens Vater und all den Jahren mit ihnen. »Sie wollte immer aussteigen, aber sie sagte sich immer wieder, sie würde nicht aussteigen, wenn ich es nicht auch tat. Nun bin ich draußen. Und wo ist sie?«

»Das ist die Frage.«

»Hilf mir dabei.« Er ging auf und ab. »Als wir hier rausfuhren, dachte ich unentwegt an sie. Ich kam mir gemein vor, und ich komme mir immer noch gemein vor. Ich wünschte, ich wüßte, was ich tun soll.«

Della lächelte schwach. »Du hast bestimmte Gefühle für das Mädchen . . .«

»Das ist es nicht. Sie ist auf mich angewiesen. Ich bin ihr Vater gewesen, ihr älterer Bruder. Es gab Zeiten, da ging ich von ihr fort, aber sie wußte, daß ich zurückkommen würde. Nun ist sie in Atlantic City, und heute abend um sieben wird sie eine bestimmte Nummer anrufen, aber niemand wird da sein, der antwortet. Das nagt an mir. Ich glaube nicht, daß sie damit fertig werden wird. Ich glaube, es wird ihr das Herz brechen. Ich fühle mich wirklich mies deswegen. Ich wünschte, ich wüßte, was ich tun soll.«

Sie faltete die Hände, nahm sie auseinander und faltete sie wieder. »Wir werden etwas essen und dann zurück nach Philadelphia fahren. Du wirst diesen Anruf um sieben entgegennehmen. Dann werde ich hierher zurückfahren. Und ich werde allein fahren.«

»Nein.«

»Meinst du auch, was du sagst? Sag es noch einmal.«

»Nein.« Er rief seinen Entschluß heraus. »Zum Teufel mit ihr, soll sie anrufen, soll das Telefon tausendmal klingeln. Ich bin fertig damit, ich bin fort. Ich bin hier mit dir, und das ist alles.«

Doch tief in der Nacht erwachte er halb aus dem Schlaf, und auf der schwarzen Zimmerdecke sah er Gladden. Er sah, wie sie allein auf der Promenade in

Atlantic City spazierenging, er sah die Schwärze des Strandes und des Meeres, der Himmel war ein schwarzer Vorhang und ihr blondes Haar ein verschwommenes Blond, und ihr Körper verschwamm ebenfalls und schien davonzutreiben.

Um sich von Gladden loszureißen, tastete er, ohne zu sehen, nach Della. Er drehte sich herum und schrak zusammen, als sein Arm über das große Bett strich. Es lag niemand unter der Decke. Della war nicht da.

Er setzte sich im Bett auf. Sie war nicht da. Er erwachte jetzt sehr schnell. Sein Gehirn begann zu arbeiten und befahl ihm, ruhig und präzise vorzugehen.

Es kam genug Mondlicht ins Zimmer, um ihn erkennen zu lassen, wohin er ging. Unsichtbare Seile zogen ihn durch den Raum zur Tür. Ein neues, irritierendes Gefühl kroch sein Rückgrat entlang, in seinen Magen und seinen Kopf. Er wußte nicht, was es war, nur daß es in ihm pumpte und ihn zwang, einen Moment vollkommen ruhig dazustehen. Er stand gegenüber der dunklen Tür, stellte sich den Korridor dahinter als etwas Kaltes und Schreckliches vor.

Er entschied sich, eine Methode anzuwenden, die er früher oft angewendet hatte, wenn größte Gefahr bestand. Die Methode war recht einfach. Es war nur die Sache, seinen Verstand von Nacht auf den Tag umzuschalten, sich zu zwingen, Tageslicht statt Dunkelheit zu sehen. Er stellte sich vor, es wäre hellichter Tag und er ginge auf den Flur hinaus, um Della zu rufen.

Er öffnete die Tür und ging in den Flur. Die Badezimmertür stand weit offen, das Badezimmer war dunkel. Sie war nicht hier oben. Er fragte sich, was sie unten tat. Er wußte nun, was dieses Pumpen war, dieses Gefühl, das er zum ersten Mal in seinem Leben spürte: Es war das Aufflammen der Reue.

Er kehrte ins Schlafzimmer zurück und griff nach seinen Kleidern. Er bemerkte nicht, daß das Pumpen schwächer wurde. Es kam ihm nicht der Gedanke, daß er sich von sich selbst entfernte, daß die Sache zu einer Unternehmung wurde und seine Bewegungen genau berechnet waren, wie sie es auch waren, wenn er einen Einbruch beging. Seine Bewegungen waren langsam, präzise, jede Bewegung, selbst das Binden der Schnürsenkel, ein Schritt in einer Reihe sorgfältig durchdachter Schritte.

Er war wieder auf dem Flur, ging zur Treppe hinüber. Unten war es dunkel. Mitten auf der Treppe verharrte er, lauschte auf ein Geräusch, irgendein Geräusch. Es gab kein Geräusch, es gab auch kein Licht. Statt zu denken, rechnete er. Das Resultat war einfach. Sie befand sich nicht im Haus. Er ging in die Küche.

In der Küche führte er den Türgriff, als wäre er ein Instrument, das er nur mit größter Ruhe oder gar nicht anwenden dürfte. Kein Laut entstand, als er die Tür öffnete und nach draußen trat. Der Geruch der Nacht war ein Geruch von Feldern, Hügeln und Bäumen, ein Geruch voller Frühling und Blumen. Er lief durch das Gras auf den weißen Umriß der Scheune zu, dann entfernte er sich wieder von der Scheune, kehrte zum Haus zurück und blieb in einiger Entfernung stehen, um zu sehen, was es noch zu sehen gab. Er sah den Pontiac neben dem Haus geparkt. Dann sah er etwas anderes, zwei Schatten, die sich bewegten. Sie bewegten sich nur ein wenig, in der Nähe der Bäume, die den Teich an der weiter entfernt liegenden Seite säumten. Er machte die Schatten als zwei menschliche Gestalten aus, eine war eine Frau, und er wußte, daß es Della war.

Statt sich auf Della zu konzentrieren, betrachtete er aufmerksam die andere Gestalt, den Mann. Der Mann war als Schattenriß erkennbar, er stand sehr nah bei Della; ganz offensichtlich waren sie in ein ernstes, dringliches Gespräch vertieft. Dann, als Harbin sie weiter beobachtete, wurde aus dem Mann und Della ein einziger Schatten; sie umarmten sich.

Für ein paar Momente hielten sie sich in den Armen. Als sie sich trennten, begannen sie wieder zu reden. Harbin entschied sich, zu den Bäumen zu gehen. Er sah, daß er um die Scheune herumgehen konnte, um auf der anderen Seite des Teiches zu den Bäumen zu gelangen. Wenn er erst einmal bei den Bäumen war, konnte er sich zwischen sie winden und nah genug herankommen, um zu hören, was Della und der Mann sprachen.

Genauso ging er vor und begann erst nur Worte, dann halbe Sätze und schließlich alles mitzuhören.

». . . in ein paar Tagen.«

»Es sollte eigentlich schneller gehen«, sagte der Mann.

»Laß uns die Sache nicht übereilen.«

Der Mann sagte: »Warum machen wir es nicht auf meine Art?«

»Weil deine Art falsch ist, nun laß uns damit aufhören.«

»Ich möchte aber nicht damit aufhören, ich möchte darüber sprechen. Verdammt, über so eine Sache sollten wir reden. Es ist eine große Sache. Du weißt, was für eine große Sache es ist. Ich möchte nur sichergehen, daß alles richtig läuft.«

Della sagte: »Es wird alles richtig laufen.«

»Wann sollten wir es machen?«

»Samstag«, sagte Della. »Am Nachmittag um drei.«

Die Stimme des Mannes wurde ein wenig lauter. »Bis Samstagabend sollten wir alles erledigt haben. Selbst dann ist es vielleicht zu spät. Ich glaube immer noch, wir machen es zu langsam. Wenn wir es auf meine Art gemacht hätten, läge die Sache schon hinter uns.«

»Du willst es auf deine Art machen? Dann mach es allein. Ich finde, das ist eine gute Idee. Du machst es am besten allein.«

»Hat dir schon einmal jemand gesagt, daß du ein gemeines Luder bist?«

»Ich bin überhaupt nicht gemein, ich bin mir meiner Sache sicher. Ich bin mir über das sicher, was ich tue. Wenn du das nicht inzwischen mitbekommen hast, solltest du dich besser beeilen und es kapieren.«

Eine lange Pause trat daraufhin ein, dann sagte der Mann so leise etwas, daß es Harbin nicht verstehen konnte. Della antwortete im gleichen leisen Tonfall. Harbin schob sein Gesicht zwischen den Bäumen hervor und sah, daß sie sich wieder umarmten. Er hatte nur einen Gedanken: Er schätzte, daß sie sich noch so lange umarmten, daß es ihm möglich war, zurück ins Haus zu gelangen, sich auszuziehen und wieder ins Bett zu steigen.

Es dauerte weniger als eine Minute. Als er das Schlafzimmer betrat, hatte er seinen Mantel und sein Hemd schon ausgezogen. Er wartete, bis er im Bett war, bevor er seinen Pyjama überstreifte. Er drehte seinen Kopf in das Kissen und schloß die Augen. Er hatte das Gefühl, geködert und völlig hintergangen worden zu sein.

Es war, als würde in ihm ein Blasebalg ein- und ausgeschaltet. Er wartete in seinem Bett, das Pumpen dröhnte in seinem Kopf, sein Gehirn versuchte, ruhig zu bleiben, wurde aber durch das Pumpen hin- und hergeschleudert. Ein paar Augenblicke später wurde die Tür geöffnet, und er hörte, wie sie ins Zimmer kam.

Er lauschte, als sie durch das Zimmer schritt, spürte ihr

Gewicht auf dem Bett. Er wußte, daß sie im Bett saß und ihn anschaute. Dann, genau in dem Moment, als er wünschte, er hätte den Willen, nach ihr zu greifen, ihr seine Hände um den Hals zu legen und das Leben aus ihr herauszuquetschen, fühlte er ihre Lippen auf seiner Stirn. Obwohl er es nicht wollte, öffnete er die Augen. Er murmelte schläfrig etwas und sah den Schimmer ihrer Lippen und ihrer Augen. Dann stürzten ihre Lippen auf seinen Mund, und etwas hob ihn hoch und schleuderte ihn hinaus in die Leere, sein Körper raste einer unwirklichen Welt entgegen.

8

Am Morgen, während sie das Frühstück machte, kam Harbin wieder zu Verstand und begann seine nächsten Schritte zu planen. Das Wichtigste, was er tun mußte, war, herauszufinden, wer der Mann war. Aber das würde bis Samstag warten müssen. Am Samstag um drei würde sie den Mann treffen, und er würde den Mann bei Tageslicht sehen und wissen, wie er aussah. Das würde einiges klären und ihn einer Antwort näherbringen.

Bis Samstag, so begriff er, gab es nichts für ihn zu tun als zu warten. Wenn man die Zeit zum Maßstab nahm, war es nicht sehr lange bis dahin, aber er wußte, daß das Warten ihm verdammt schwerfallen würde. Er konnte seine Unruhe und Besorgnis schon spüren. Beim Frühstück sah er, daß Della ihn beobachtete. Er zwang sein Gesicht, ihn nicht zu verraten. Er wußte, es waren Kleinigkeiten, die einen verraten konnten. Wie ein plötzlich veränderter Gesichtsausdruck. Oder ein Wort am falschen Platz.

Am Nachmittag beschlossen sie, einen langen Spaziergang zu machen. Sie sagte, es wäre wunderbar, durch die Hügel zu wandern. Vielleicht, sagte sie, würden sie Blumen sehen, die sie pflücken konnten. Sie war verrückt nach Blumen, erzählte sie ihm, besonders nach wilden Blumen. Sie zog einen modischen Rock an, eine Bluse und flache Schuhe. Sie marschierten los. Sie gingen an der Scheune vorbei und folgten dem Weg auf die Kuppe des Hügels.

Auch am nächsten Tag unternahmen sie einen Spaziergang, und Harbin wartete weiter auf Samstag.

Samstagmorgen schliefen sie lange und kamen nicht dazu, vor elf etwas zu essen. Della bereitete eine Mischung aus Frühstück und Mittagessen zu. Danach wanderte Harbin draußen umher und fragte sich, was für einen Vorwand Della benutzen würde, um ihn am Nachmittag loszuwerden, und wo und wie sie den Mann treffen würde.

Eine halbe Stunde später fand er es heraus. »Ich muß runter nach Lancaster fahren«, sagte sie. »Ich möchte etwas einkaufen.«

Harbin wußte, daß das nächste, was er sagte, unbedingt richtig gesagt werden mußte. »Wann wirst du zurück sein?« fragte er.

»Auf jeden Fall nach fünf. Ich muß eine Unmenge von Dingen einkaufen.«

Er schüttelte übertrieben den Kopf und lächelte schwach. »So lange kann ich nicht warten.«

Seine Worte bewirkten das, was er erhofft hatte. Es gab

nichts, was sie antworten konnte. Alles, was sie tun konnte, war, sein Lächeln nachzuahmen.

Dann sagte sie: »Du willst mit mir kommen?«

»Überall, wohin du gehst, möchte ich mit dir gehen.«

»Dann komm mit. Nur nicht beim Einkaufen. Das muß eine Frau allein erledigen. Ich setze dich bei einem Friseur ab. Du kannst einen Haarschnitt vertragen.«

Er sagte: »Wenn du mich bei einem Friseur absetzt, kriegst du mich nicht wieder raus. Wenn ich einmal da bin, lasse ich alles machen. Ich bleibe Stunden dort.«

»Gut«, sagte sie. »Ich habe eine Menge zu erledigen.«

»Das kann ich mir vorstellen«, sagte er, allerdings nicht laut.

Später stiegen sie in den Pontiac und fuhren Richtung Lancaster. Als sie sich der Stadt näherten, sagte er, er könnte ein wenig Geld gebrauchen, und sie gab ihm fast hundert Dollar. Sie gab es ihm, ohne etwas zu sagen, und er nahm es, ohne etwas zu sagen. Zum ersten Mal, seit er das Haus in Philadelphia verlassen hatte, dachte er daran, daß er siebentausend Dollar in kleinen Scheinen im Haus versteckt hatte. Es kümmerte ihn nicht. Vor ein paar Tagen waren siebentausend Dollar sehr wichtig gewesen, denn sie waren alles Geld, das er besaß. Aber jetzt war es eine Nebensächlichkeit.

Sie erreichten Lancaster um zwanzig Minuten nach zwei. Er sagte, daß er ein paar Hemden gebrauchen könnte, und wartete darauf, daß sie ihm vorschlug, sich nach einem Laden umzusehen und sich ein paar Hemden auszusuchen. Er wartete auf eine Spur von Unbehagen in ihrer Stimme, denn sie hatte weniger als vierzig Minuten bis zu ihrem Treffen mit dem Mann. Doch als sie sagte, sie würde mit ihm Hemden kaufen gehen, war er überhaupt nicht überrascht. Er war bereits an dem Punkt angelangt, wo nichts, was sie tat, ihn überraschte.

Sie brauchte eine halbe Stunde, um die Hemden zu kaufen. Sie suchte sie aus und bezahlte sie. Als die Hemden eingepackt waren und sie sich zur Tür wandten, hatte sie weniger als zehn Minuten bis zur Verabredung mit dem Mann. Sie verhielt sich, als hätte sie alle Zeit der Welt. Als sie an einem Ladentisch mit Krawatten vorbeikamen, blieb Della stehen und sah sich die Krawatten an.

Sie fragte: »Magst du Krawatten mit Streifenmuster?«

»Nein, lieber gepunktete.«

Der Verkäufer kam und erklärte die neuen Modetrends. Della schaute den Verkäufer an, als ginge er mit Schnürsenkeln hausieren. Sie sagte: »Ich kann keine Krawatten aussuchen, wenn Sie unentwegt reden.«

»Bitte vielmals um Vergebung, Madam.« Der Verkäufer verhielt sich so, als hätte er einen harten Schlag auf den Kopf bekommen.

Harbin schaute auf seine Armbanduhr. Sechs Minuten. Er sah Della an. Sie war völlig darin vertieft, Krawatten auszusuchen.

»Ich bin von diesen hier nicht sehr angetan«, sagte sie. »Was für Krawatten haben Sie sonst noch?«

Der Verkäufer entschuldigte sich und ging in einen Nebenraum. Della verbrachte gute zehn Minuten damit, drei Krawatten auszuwählen. Harbin konnte den Mann an dem Treffpunkt förmlich sehen, vielleicht rauchte er eine Zigarette nach der anderen, oder er knackte mit seinen Fingerknöcheln oder biß sich auf die Lippe, während er auf Della wartete. Doch Della war hier und kaufte Krawatten.

Harbin sagte: »Ich gehe jetzt besser zum Friseur.«

»Warum die Eile?«

Die ruhige, leichte Art und Weise, in der sie das sagte, war ihm eine Warnung. Er hatte einen Hauch von Ungeduld gezeigt, und bei dieser Frau, dieser Betrügerin, konnte er sich nichts dergleichen leisten.

Er sagte: »Am Samstagnachmittag haben sie gegen drei immer viel zu tun. Ich hasse es, stundenlang warten zu müssen.«

»Bedank dich bei mir für die Krawatten.«

»Danke für die Krawatten.«

Sie verließen den Laden, und Della blickte die Straße hinauf und hinunter und sagte ihm, wenn sie es beim nächsten Block versuchten, würden sie wahrscheinlich einen Friseur finden. Sie versuchten es beim nächsten Block. Es gab einen Friseur am Ende der Straße, aber als sie dort ankamen, sagte Della, daß ihr der Laden nicht gefiele. Harbin sah auf seine Armbanduhr. Es war zweiundzwanzig Minuten nach drei.

»Was stimmt mit dem Laden nicht?« fragte er. »Er sieht sauber aus.«

»Die Friseure sehen dumm aus.«

»Laß uns den Tag damit verbringen, intelligent aussehende Friseure zu suchen.«

Nach weiteren fünf Minuten fanden sie einen Friseur an der Orange Street. Harbin lächelte Della an, und dann warf er wieder einen Blick auf seine Armbanduhr. Diesmal tat er es so, daß sie es bemerkte. Er sagte: »Wo sollen wir uns treffen? Und um welche Uhrzeit?«

Sie blickte durch das große Schaufenster in den Laden, ein großer, sauberer Laden mit vielen Stühlen. »Es sind vier Leute vor dir dran. Das kann gut und gerne eineinhalb Stunden dauern. Warte hier auf mich.«

Er betrat den Laden, wandte sich aber rechtzeitig um, um zu sehen, daß sie in die Richtung ging, aus der sie gekommen waren. Sie würde wenigstens zwanzig

Sekunden brauchen, bis sie die nächste Straßenecke erreichte. Er mußte nach draußen gehen, um zu sehen, ob sie um die Ecke bog. Er zählte bis acht, dann verließ er den Laden und beobachtete, wie sie nach rechts um die Ecke bog. Er überquerte die Straße, eilte zu der Straßenecke und erreichte sie gerade rechtzeitig, um noch zu sehen, daß sie um eine andere Ecke bog.

Eine Menge Leute waren vor ihm, und viele andere kamen aus einem Kaufhaus auf der anderen Seite der Straße, die Della gerade überquert hatte. Della betrat das Kaufhaus. Harbin prallte mit drei alten Frauen zusammen und hätte sie beinahe umgerannt. Sie wollten ihn zur Rede stellen, aber er war schon mitten auf der Straße, steuerte auf das Licht zu, lief mit anderen Passanten um die Wette, die gleichfalls auf die Drehtüren des großen Kaufhauses zuhielten. Er überholte sie bis zur Tür, doch als er durch die Tür ging, konnte er das Gewimmel von Menschen in dem Kaufhaus sehen, und er wußte, daß er Della verloren hatte. Er begann auf seiner Zigarette zu kauen. Ein Gang pries Damenunterwäsche an, ein anderer Koffer und Taschen und ein dritter Kleidung.

Er wählte den mit Koffern, und als er die Hälfte des Ganges zurückgelegt hatte, sah er sie in einer Gruppe von Frauen, die auf den Aufzug warteten.

Während er sich fragte, wie viele Etagen dieses Kaufhaus haben mochte, und sich sagte, daß er daran vorher hätte denken sollen, blieb er stehen und kehrte den Aufzügen den Rücken zu. Er kaute weiter auf seiner Zigarette. Er begriff, daß er sich nun auf ein Glücksspiel einlassen mußte, auf welcher Etage sie ausstieg.

Es fiel ihm schwer, die Sekunden verstreichen zu lassen. Er ließ fünfzehn Sekunden vergehen, bis er sich wieder zu den Aufzügen umwandte. Della war bereits auf dem Weg nach oben. Er nahm sich Zeit, wie er auf die Aufzüge zuschritt. Einer kam und öffnete sich, und er ging zusammen mit Frauen und Kindern hinein. Das farbige Mädchen stoppte den Aufzug auf der ersten Etage und rief Möbel, Teppiche, Radios und Haushaltswaren aus. Auf der zweiten Etage rief das farbige Mädchen Sport- und Herrenbekleidung aus, und Harbin verließ den Lift. Er sagte sich, das wäre eine ziemlich gute Wette. Ein vernünftiger Platz zum Warten wäre für einen Mann die Abteilung für Herrenbekleidung.

Es war ziemlich voll, vor allem Jungen und junge Männer hielten sich in dieser Abteilung auf, die Baseballschläger und -handschuhe führte, Tennisschläger und Badehosen. Er bewegte sich sehr langsam; ein Verkäufer kam auf ihn zu, und er lächelte schwach und schüttelte den Kopf und murmelte, daß er sich nur umsehen wolle. Er stand zwischen Anzügen und Hosen und wandte seinen Kopf mal hierhin, mal dorthin. Er ging dann auf die Fenster zu, indem er sich immer hinter einer Reihe Anzüge hielt, aber so weit entfernt blieb, daß er einen guten Blick auf die Abteilung in der Nähe der Fenster hatte.

Er ging hinter zwei Reihen hinauf und hinunter. Dann sah er Della. Und er sah den Mann. Sie standen ein Stück von dem Fenster entfernt. Die Verkäufer ließen sie allein. Der Mann hatte Harbin den Rücken zugewandt, doch nicht ganz. Er war ungefähr einen Meter achtzig groß und ziemlich kräftig gebaut. Er war jung und hatte dichtes, blondes Haar, blonder als Harbins, eine Pracht von blondem Haar, das er ziemlich gerade, aber locker gekämmt trug.

Harbin nahm eine Sportjacke und hielt sie vor sein Gesicht, während er mit ihr so zum Fenster ging, als wolle er sie sich im Licht ansehen. Er hielt die Jacke weiter vor sein Gesicht, als er auf Della und den blonden Mann zuschritt. Er näherte sich ihnen von der Seite.

Er zog die Jacke langsam von seinem Gesicht weg, als wäre sie ein Vorhang. Ein Ärmel glitt an seinen Augen vorbei. Eine Sicherung begann zischend durchzubrennen, als Harbin sich sagte, daß er dieses Gesicht schon einmal gesehen hatte. Er hatte es erst kürzlich gesehen, hatte die Nase gesehen und den Mund. Und die Augen. Aquamarinblaue Augen. Die Augen hatten eine ungewöhnliche Farbe. Ein blasses Blau mit ein wenig Grün. Aquamarinblaue Augen. Vor ein paar Nächten hatten ihn zwei Polizisten in der Nähe der Villa nach dem geparkten Auto gefragt. Es war der junge Polizist.

9

Als Harbin den Friseurladen betrat, stand gerade ein Mann auf einen Wink des Friseurs von seinem Drehstuhl auf. Harbin ließ sich auf einem der Drehstühle nieder. Er lehnte sich zurück, schloß die Augen und sah die Villa in der Nacht und den Wagen, der auf der großen, sauberen Straße nördlich der Villa geparkt war, und sah den Polizeiwagen und die aquamarinblauen Augen des Polizisten.

Nun mußte er sich alles zusammensetzen. Er fing langsam damit an, ging jeden Punkt durch, bevor er ihn glaubte. Er mußte sein eigenes Verhalten zu dem Verhalten des Polizisten in Beziehung setzen und überprüfen, die Dinge, die sie zur gleichen Zeit getan hatten, die Dinge, die sich im Kopf des Polizisten, hinter den aquamarinblauen Augen abspielten. Dieser Kopf hatte beschlossen, allein zurückzukehren und sich den Wagen noch einmal anzusehen. Vielleicht hatten die aquamarinblauen Augen die Signale bemerkt, die ein paar Minuten, bevor Harbin auftauchte, über den Rasen geglitten waren. Vielleicht war es auch etwas ganz anderes gewesen. Was immer es gewesen war, der junge Polizist hatte beschlossen, daß der ältere Polizist ihm nur im Wege stand und daß es das beste war, allein zurückzukehren.

Und so war der blonde Polizist, der nicht länger ein Polizist war, allein zurückgekommen und hatte seinen Wagen so abgestellt, daß er nicht gesehen werden konnte. Er hatte den geparkten Chevrolet beobachtet. Er hatte gesehen, wie sie mit ihrer Beute von der Villa kamen. Er hatte gesehen, wie der Chevrolet langsam anfuhr. Vielleicht war er ihnen gefolgt, ohne seine Scheinwerfer einzuschalten. Ja, Harbin war sich sicher, daß es so gewesen sein mußte. Er erinnerte sich, daß er wiederholt in den Rückspiegel geblickt und nie irgendwelche Scheinwerfer gesehen hatte.

Ohne Licht hatte der Polizist den Chevrolet bis zum Haus verfolgt. Er hatte beobachtet, wie sie das Haus mit ihrer Beute betraten. Das war sicher, und genauso sicher war, daß er zurück zu seiner Polizeistation gefahren war und nichts gemeldet hatte.

Harbin begriff, daß er die Sache nachprüfen mußte, daß er sich selbst prüfen mußte, seine eigene Vorstellung, wie bestimmte Personen in bestimmten Situationen reagierten. Die aquamarinblauen Augen hatten die luxuriöse Villa gesehen, das äußere Zeichen von Reichtum, sie waren folglich zu dem Schluß gekommen, daß es sich um eine große Beute handeln mußte, und sie hatten ruhig darauf gewartet, daß der Bericht eintraf. Als der Bericht eintraf, als der Reviervorsteher ihn in sein Buch hineinschrieb und die Tatsache, daß die Beute hunderttausend Dollar in Smaragden betrug, hatte der Mann seine Augen, seinen Körper und seinen Verstand auf die hunderttausend Dollar gerichtet.

Nun war Harbin alles ziemlich klar, und er konnte den Rest der Geschichte sehen, als säße er an einem Tisch und betrachtete konkrete Dinge, die dicht vor ihm standen. Er sah, wie der Mann umherging und die Sache überdachte und beschloß, sein Spiel vorsichtig und mit Sorgfalt zu spielen. Ein Polizist hätte die Einbrecher gejagt, aber dieser Mann war nur dann ein Polizist, wenn er eine Uniform trug und mit anderen Polizisten zusammen war. Dieser Mann war ein ganz besonderer Typ, loyal nur sich selbst und den Dingen, die er wollte, und das, was er wollte, waren die Smaragde. Er begriff, daß die Smaragde in dem schäbigen Haus in Kensington waren und daß der einzige Weg, sie in seine Hände zu bekommen, der war, einen anderen Kopf einzuschalten. Und dieser andere Kopf war eine Frau namens Della.

Der andere Mann hatte Verbindung mit Della aufgenommen. Sie mußten sich dabei abgewechselt haben, das Haus zu beobachten und diejenigen, die es verließen, zurückkehrten und es wieder verließen. Sie mußten sich auf eine Zeit verständigt haben, den ersten Schritt zu tun. Della hatte gesehen, wie er an jenem Abend das Restaurant betrat; das war die Ausgangslage, die sie brauchte. Wenn das nicht funktioniert hätte, hätte sie etwas anderes probiert. Aber es hatte funktioniert. Es hatte sogar sehr gut funktioniert. Bis jetzt, aber jetzt war es vorbei.

Harbin sah eine große, fleischige Hand, die auf ihn deutete. Der Friseur lächelte und bat ihn zu seinem Stuhl. Harbin setzte sich, und der Friseur rasierte ihn, schnitt ihm das Haar, danach wusch er es und massierte ihm den Kopf, und schließlich rieb er ihm eine rosafarbene Creme ins Gesicht und behandelte ihn mit einer Bräunungslampe. Ein gefaltetes Handtuch hielt das Licht von Harbins Augen fern. In der Dunkelheit unter dem Handtuch konnte er das Haus sehen, er sah ihre Gesichter, die drei aus seiner Organisation, wo es vier sein wollten. Harbin hatte es sehr eilig, zum Haus zurückzukommen.

Der Friseur nahm das gefaltete Handtuch von Harbins Augen und drückte einen Knopf, der die Lehne wieder in eine senkrechte Position brachte. Harbin stieg aus dem Stuhl und sah Della in der Nähe der Tür stehen.

Sie verließen den Friseurladen und gingen zu ihrem Auto zurück. Sie fuhren aus Lancaster hinaus und bogen auf die Straße ein, die zurück zu dem Hügel führte. Della drehte am Radio und fand Opernmusik. Sie hielt den Wagen bei mittlerer Geschwindigkeit und saß mit einem entspannten Lächeln hinter dem Lenkrad, während sie der Musik zuhörte. Ohne Harbin anzuschauen, verständigte sie sich mit ihm, und einmal streckte sie ihre Hand aus und glitt mit ihren Fingern durch sein Haar.

Er zermarterte sich das Gehirn und fragte sich, ob es möglich war, sie zu verstehen. Er dachte an ihre Küsse. Er war in seinem Leben von vielen Frauen geküßt worden, so daß er wußte, wann ein Kuß wirklich eine Bedeutung hatte. Dellas Küsse hatten eine Bedeutung, nicht nur ein loderndes Feuer, sondern ein echtes Gefühl hinter dem Feuer. Wenn es nicht echt gewesen wäre, hätte er es gespürt. Diese Frau empfand sehr viel für ihn; er wußte, daß es mehr als ein gewöhnliches Verlangen war und daß man es nicht vorschieben konnte, wie man eine Maske vorschob. Es war ein reines Gefühl, vollkommen frei von Heuchelei und Verstellung.

Es war dieses echte Gefühl, das die ganze Sache paradox machte, denn eine Seite Dellas war zu ihm hingezogen, verschmolz mit ihm, und die andere Seite war darauf aus, ihm alles kaputtzumachen. Selbst jetzt, da er wußte, was sie wollte, er wußte, daß sie darauf aus war, die Smaragde zu bekommen, da er ihren Plan kannte und die Situation übersah, die an eine Arena erinnerte, wo sie sich gegenüberstanden, spürte er die magische Anziehungskraft und erkannte sein Verlangen nach Della, die Tiefe und Dauerhaftigkeit seines Verlangens. Er wußte, daß er Della mehr wollte als alles andere. Diese Frau war ein ziemliches Problem, etwas, mit dem er fertig werden mußte, eine Schwierigkeit, die er ausräumen mußte. Denn sie war eine Bedrohung, und da sie auf die Smaragde zielte, mußte sie auch auf das Haus zielen. Und das Haus bedeutete die Organisation. Das Haus waren Dohmer, Baylock und Gladden. Ein Beben ging durch ihn, ein Messer, das alles andere abschnitt. Denn die Gefahr zielte auf Gladden.

Obwohl er es nicht wußte, waren seine Augen dumpf und voller Schuld. Die Schuld hämmerte in ihm und schickte heftige Stöße durch seine Adern. Jede Faser seines Körpers verwandelte sich in ein angespanntes Stück Draht. Gladden brauchte ihn, und er hatte Gladden im Stich gelassen. Er saß hier, an der Seite einer Frau, die Gladden bedrohte. Vier Tage war er mit dieser Frau zusammengewesen, weit weg von Gladden. Gladden brauchte ihn, und wenn er nicht da wäre, bedeutete das ihr Ende. Die Frau neben ihm war ein Element, das er schnell auslöschen mußte.

Er schaute sich die Hügel an, den Wald jenseits der Hügel. Es gab ein paar kleinere Hügel rechts und links der gepflasterten Straße, und er sagte: »Laß uns eine neue Gegend ansehen.«

Sie warf ihm einen Blick zu. »Wo?«

»Eine von den kleinen Straßen«, sagte er, und seine Augen fuhren durch sie hindurch, seine Worte nicht mehr als Wellen auf einem brodelnden Meer.

Es funktionierte. Sie nickte zögernd. »Okay, wir werden uns einen ruhigen Platz suchen. Wo wir viele Bäume um uns haben. Wie ein Vorhang.«

Sie nahmen eine der kleinen Straßen, folgten ihr einen Hügel hinauf und hinunter und in einen Wald hinein, wo aus der Staße ein Feldweg wurde. Sie gerieten immer tiefer in den Wald, und der Weg wurde immer dunkler. Harbin schaute heraus und sah das hohe grüne Gras, das an ihrem Wagen entlangglitt, ein wenig Purpur mit Grün.

Er bemerkte, daß der Wagen langsamer wurde, und sagte: »Nein, fahr weiter!«

»Es ist wunderbar hier.«

»Fahr weiter!«

»Leg deine Hände auf mich.«

»Warte«, sagte er.

»Ich kann nicht.«

»Bitte, warte.«

Der Wald um sie herum war dicht, und über ihnen schien er noch dichter und dunkler zu sein, denn die Blätter hoch in den Bäumen hielten das Sonnenlicht zurück. Er wußte, daß sie nichts sagen würde, bis er etwas sagte, und er sagte nichts, während sie wieder durch den Wald fuhren. Immer tiefer gelangten sie in den Wald, eine und noch eine Stunde. Der Wagen kam nur langsam voran, denn der Boden war uneben, und es gab viele Steigungen und Kurven. Er spürte den starken und doch sanften Eindruck des Waldes und fühlte Dellas Nähe. Für Momente, die ihm beinahe den Atem raubten, wurde er von seinem Plan abgebracht, von der einen

Sache, die er hier in dem Wald ausführen wollte. Doch dann wurde er wieder Herr über die Situation.

Er sagte: »In Ordnung, halte hier.«

Sie stoppte den Wagen und schaltete das Radio aus.

Er sagte: »Mach das Licht aus.«

Sie schaltete das Licht aus, und er öffnete die Tür an seiner Seite und stieg aus dem Wagen. Mondlicht schien durch die Bäume. Della verließ den Wagen, ging um ihn herum und kam auf Harbin zu. Sie kam durch das Mondlicht auf ihn zu. Als sie bei ihm war, nahm er ihre Hand, er ging mit ihr von dem Wagen weg, weg von dem Wagen. Er hörte ihren Atem, als er sie zwischen die Bäume zog.

Er zog sie auf das plätschernde Geräusch von Wasser zu. Schließlich konnten sie das Wasser sehen, das Schimmern eines Baches sehr weit unter der Stelle, wo sie zwischen wilden Blumen standen.

Er zog sie zu dem Bach hinunter, und dann standen sie da, starrten auf das mondbeschienene Wasser, die Felsspitzen blinkten wie Kristall aus der Dunkelheit. Er setzte sich auf den Boden, spürte den weichen Untergrund des Hanges hier, spürte Della, als sie sich gegen ihn lehnte. Er fühlte, wie ihre Lippen ihm näherkamen. Er wandte sein Gesicht ab.

»Nein«, sagte er. Er sagte es sanft, beinahe wie eine Liebkosung, und doch wußte er, daß es die Kraft eines Speeres hatte, der durch sie hindurchfuhr.

Er wartete. Er wollte sie ansehen, wollte die Wirkung seiner Weigerung sehen, aber das war erst der Anfang von dem, was er ihr antun wollte, nur ein kleiner Teil der Dinge, die auf sie zielten, sie, die selbst eine lange Kette von Gefahren darstellte, von den Smaragden über das Haus bis hin zur Organisation und zu Gladden. In seinem Innern sprach er sanft mit Gladden, sagte ihr, daß er das, was er angerichtet hatte, wieder gutmachen würde.

Della schwieg für endlose Momente. Dann endlich sagte sie: »Was macht dir Sorgen?«

»Nichts.«

»Du scheinst gar nicht bei mir zu sein.«

»Das bin ich auch nicht.« Er lächelte den Bach an. Er wußte, daß sie sein Lächeln sehen konnte, und er wußte, was er ihr antat.

Wieder trat eine lange Pause ein, dann sagte sie: »Ich weiß, was los ist.«‹

Er lächelte weiter den Bach an.

»Du läßt dich treiben«, sagte sie. »Ich kann sehen, wie du dich treiben läßt.«

Er zuckte die Achseln. »Ich denke so vor mich hin.«

Sie stand auf, kehrte ihm den Rücken zu, doch er wußte, was sich in ihrem Gesicht abspielte. Er konnte beinahe in sie hineinsehen, konnte den Aufruhr sehen, den durchdringenden Schrecken, das Entsetzen, das sie vor ihm verbergen wollte. Sie versuchte es zurückzuhalten, konnte es aber nicht zurückhalten, denn schließlich brach es aus ihr heraus; ihr Körper drehte sich, um ihm ihr Gesicht zu zeigen, als sie sagte: »Du verdammter Scheißkerl.«

Er sah sie einen Moment lang an, dann kehrten seine Augen zum Bach zurück, und er lächelte wieder.

»Warum?« Sie stieß ihm das Wort entgegen. »Warum? Warum?«

Er zuckte die Achseln.

»Sag mir warum«, keuchte sie mit beinah gebrochener Stimme. »Du sagst mir jetzt besser warum.«

Das Lächeln auf seinem Gesicht wurde schwächer, aber in seinem Innern lachte er ein breites Lachen, denn auf genau diese Art hatte er es geplant, und auf genau diese Art funktionierte es. Er dachte an bestimmte Leute, die es auf andere Leute abgesehen hatten, und sie gingen noch weiter und töteten. Aber im Töten lag kein Nutzen, früher oder später erwies es sich als schlecht. Es war immer töricht und verrückt zu töten; diese Art, jemanden auszulöschen, war viel wirkungsvoller als zu töten. Es war das Schlimmste, was er ihr antun konnte. Es war das Schlimmste, was ein Mann einer Frau antun konnte. Es war die gemeinste Art der Folter, denn er stieß sie ohne eine Erklärung von sich, warf sie in ein Loch des Schreckens, sah sie zappeln und keuchen, ihr Kopf brodelte, versuchte einen Grund zu begreifen, während er ihr den Grund vorenthielt.

Er stand auf. »Ich schätze, das war es.«

»Das kannst du nicht«, sagte sie. »Wie kannst du so etwas tun? Das ist unmenschlich. Ein Teufel würde so etwas tun. Sag wenigstens einen Grund, sag mir, warum . . .«

»Warum?« Er gestikulierte ein wenig mit den Armen. »Geh und frag die Bäume. Sie wissen genauso viel darüber wie ich.«

»Das glaube ich nicht.«

»Es tut mir leid.«

»Es tut dir nicht leid. Wenn es dir leid täte, würdest du es mir sagen. Du würdest mir sagen, was in deinem Kopf vorgeht. Was für Gedanken hast du? Was für Gefühle?«

»Ich weiß es nicht.« Er sagte es so, als hätte sie ihn gefragt, wie spät es sei. Dann, während er sich schon von ihr wegdrehte, sagte er: »Ich weiß nichts, nur daß ich dich nicht mehr bei mir haben will. Ich will gehen.«

Und als er ging, als er den Abhang hinauflief, der vom Bach in den Wald führte, konnte er nichts hören, kein Laut hinter ihm als das Plätschern des Wassers gegen die Felsen. Mit gleichmäßigen Schritten ging er durch den

Wald, sah den Wagen und überquerte den mondbeschienenen Weg vor dem Wagen und stieg eine Anhöhe hinauf, so daß er auf den Highway blicken konnte. Dann lief er hinunter in genau diese Richtung.

Auf dem Highway nahm ihn ungefähr eine Stunde später ein Lastwagen mit und brachte ihn nach Lancaster. Er stieg in ein Taxi, fuhr zum Bahnhof und kaufte eine Fahrkarte nach Philadelphia.

10

Als er die Tür öffnete, sah er nur Dunkelheit. Er rief Baylocks Namen, dann rief er Dohmer. Ein schwaches Licht drang aus der oberen Etage, und er hörte ihre Stimmen. Er schaltete das Licht an, zog sich einen Handschuh aus und wischte sich den Regen aus dem Gesicht. Er wartete, daß sie herunterkämen.

Sie kamen sehr langsam herunter und sahen ihn an, als hätten sie ihn noch nie gesehen. Sie waren beide angezogen, aber ihre Hosen waren zerknittert, und er wußte, daß sie in ihren Kleidern geschlafen hatten. Sie gingen ins Wohnzimmer und standen dicht beieinander und sahen ihn an.

Er öffnete den Mund. Doch statt Worten drang nur Luft heraus. Er wußte nicht, wie er beginnen sollte.

Sie warteten, daß er etwas sagte.

Schließlich sagte er: »Wo ist Gladden?«

Sie ließen ihn warten. Er fragte noch einmal, und dann antwortete Dohmer: »Atlantic City.«

Er steckte sich eine Zigarette in den Mund. »Schätze, ich hatte gedacht, sie wäre zurückgekehrt.«

»Sie war zurückgekehrt«, sagte Dohmer. »Wir haben ihr von dir erzählt, und sie fuhr wieder nach Atlantic City zurück.«

Harbin zog seine nasse Jacke aus und hängte sie über einen Stuhl. »Ihr redet, als wäre sie für immer gegangen.«

»Du hast den Nagel auf den Kopf getroffen«, sagte Baylock.

»Lüg mich nicht an.« Harbin ging hastig auf ihn zu, dann faßte er sich wieder und sagte sich, daß er es anders angehen mußte. Seine Stimme wurde ruhig. »Was ist mit Gladden?«

»Wir haben es gesagt, sie ist fort«, sagte Baylock. »Sie hat ihre Sachen gepackt und ist gegangen. Glaubst du es nicht? Fahr nach Atlantic City!« Baylock griff in seine Hosentasche, holte einen gefalteten Zettel heraus und reichte ihn Harbin. »Hier ist die Adresse, die sie uns gegeben hat.« Baylock atmete tief durch, wie nach einer schweren Anstrengung. »Noch etwas, das du wolltest?«

»Ich möchte, daß ihr zuhört, während ich rede.«

Er musterte ihre Gesichter, um ein Zeichen von Vertrauen zu entdecken. Es gab kein Zeichen von Vertrauen. Da war nichts.

Er sagte: »Ich will wieder einsteigen.«

»Du steigst nicht wieder ein«, erwiderte Baylock. »Du bist draußen. Und du bleibst draußen.«

»Ich steige wieder ein«, sagte Harbin. »Ich muß wieder einsteigen, denn wenn ich es nicht tue, habt ihr gute Aussichten, die Beute zu verlieren und geschnappt zu werden. Entweder zeigt ihr euch vernünftig und hört zu, oder ihr werdet ziemlich in der Klemme stecken.«

Baylock sah Dohmer an. »Ich mag die Art, wie er hier

hereinspaziert und gleich wieder das Kommando übernimmt.«

»Ich übernehme nicht das Kommando«, sagte Harbin. »Alles, was ich tue, ist, euch zu sagen, wie die Dinge stehen. Wir haben ziemlichen Ärger am Hals.« Er ließ die Worte auf sie wirken, dann sagte er es: »Wir sind ausgespäht worden.«

Sie bewegten sich nicht. Sie starrten einander an, dann starrten sie Harbin an. Für einen Moment war er mit ihnen verbunden, fühlte, was sie fühlten. Er wollte mit der Sache herausrücken, wollte ihnen erklären, wie alles passiert war. Aber er begriff, daß sie die Wahrheit nicht akzeptieren würden. Sie hatten sie beim letzten Mal nicht akzeptiert und würden sie auch jetzt nicht akzeptieren. Er würde das meiste weglassen müssen und dürfte ihnen nur ein Brocken Wahrheit hinwerfen.

Er sagte: »Ein Kerl ist mir gefolgt. Ich brauchte vier Tage, um es herauszufinden, und einen, um ihn abzuschütteln. Aber ich habe mir die Sache zusammengereimt, und ich weiß, ihn abzuschütteln, wird nicht ausreichen. Wenigstens nicht in nächster Zeit, nicht, bis wir hier verschwunden sind.«

Baylock atmete tief durch. »Sei vorsichtig, Nat. Wir haben heute viel mehr Grips im Kopf als an dem Tag, wo du weggegangen bist. Wir haben uns einiges beigebracht.« Er grinste Dohmer an. »Haben wir doch, nicht wahr?«

»Klar«, sagte Dohmer. »Wir haben das ernst genommen, was du gesagt hast, Nat. Wir haben uns entschlossen, klüger vorzugehen. Nun gehen wir klüger vor, und wir sind nicht mehr so nervös, wie wir waren.«

»Versucht damit weiterzumachen.« Harbin zwang sich, nicht wütend zu werden, kühl zu bleiben. »An der

Villa hatten wir die Polizei am Hals. Als sie wegfuhren, glaubte ich, es wäre damit erledigt. Aber einer von ihnen kam zurück. Er verfolgte uns bis hierher. Und nun hat er mich in Zivil verfolgt.«

Baylock grinste weiter und schüttelte den Kopf. »Das paßt nicht zuammen. Wenn sie dich haben wollen, verfolgen sie dich nicht. Sie kommen her und schnappen dich.«

»Die Sache ist«, sagte Harbin, »daß er mich gar nicht haben will.« Harbin schwieg einen Moment, und Stille trat ein und schien sich auszubreiten. »Okay, wenn ihr es nicht kapieren könnt, dann sage ich es euch. Der Mann bleibt mir auf den Fersen. Aber er will nicht mich, er will die Smaragde.«

Baylock drehte sich herum und hielt inne, drehte sich wieder um und kam dahin zurück, wo er gestanden hatte. Dohmer hob eine Hand und rieb sich sein vorstehendes Kinn. Dann blickten sich Baylock und Dohmer stirnrunzelnd an, und das war alles, was sie tun konnten.

Baylock atmete schwer und sagte: »Wo ist er? Wo ist dieser Bastard?«

»Ich weiß es nicht. Ich weiß nur, daß der Mann scharf auf Smaragde ist. Er trägt eine Polizeiuniform nur, um einen Rückhalt zu haben, und wenn es dazu kommt, ist die einzige Art, mit ihnen fertig zu werden, sich von ihnen fernzuhalten.«

»Aber vielleicht«, bemerkte Dohmer, »will er nur einen Anteil.«

Harbin zuckte die Schultern. »Sie wollen alle nur einen kleinen Anteil. Am Anfang. Dann kommen sie zurück und sagen, daß sie einen anderen kleinen Anteil wollen. Und später kommen sie noch einmal wieder.« Er zündete sich eine Zigarette an, nahm einige kleine Züge und blies den Qualm in einer großen Wolke aus. »Was wir tun müssen, und zwar schnell, ist zu verschwinden.«

»Wohin?« fragte Dohmer.

Harbin schaute ihn an, als wäre das eine besonders dumme Frage. »Du weißt wohin. Nach Atlantic City.«

»Um Gottes willen«, stöhnte Dohmer.

Baylock sagte: »Wenn sie weg ist, ist sie weg.«

»Nein«, sagte Harbin. »Wir fahren hin und holen sie.«

»Sag mir eines«, rief Baylock. »Wozu brauchen wir sie?«

»Wir brauchen sie nicht«, gab Harbin zu. »Aber sie braucht uns.«

»Warum?« wollte Baylock wissen.

»Wir sind eine Organisation.« Harbin wußte, daß er das nicht hätte sagen sollen, aber er hatte es gesagt, und alles, was er tun konnte, war, auf Baylocks Wutanfall zu warten.

»Sind wir das?« schrie Baylock. »Verkauf uns nicht vollkommen für dumm. Du haust hier ab und sagst, du steigst aus, und fast eine Woche später tauchst du wieder auf, und plötzlich sind wir wieder eine Organisation, einfach so. Ich mag das nicht, und ich glaube nicht, daß es auf diese Art funktioniert. Entweder ist etwas schwarz oder weiß. So oder anders.«

»Ich will mich nicht streiten«, sagte Harbin. »Wir können die Sache sofort beenden, wenn du sie beenden willst. Auf der anderen Seite können wir auch weitermachen, und wenn wir weitermachen, bin ich dabei. Wir alle bleiben dabei, auch Gladden.«

Dohmer schlug sich mit der Hand auf den Oberschenkel. »Ich stimme zu.«

»Du stimmst immer allem zu.« Baylock musterte Dohmer von oben bis unten. Dann wandte er sein Gesicht Harbin zu. Er wollte etwas sagen, doch dann zog sich sein Mund zusammen, und er ging zum Fenster und starrte hinaus in den Regen.

Der Regen prasselte herunter, ergoß sich in silbern schimmernden Fäden auf das Dach. Baylock stand da, schaute in den Regen hinaus, hörte das Prasseln und sagte: »Es ist sicher eine schöne Nacht, um nach Atlantic City zu fahren.«

Harbin entgegnete nichts. Er begann, die Treppe hinaufzugehen, dann hielt er inne und schaute Dohmer an. »Ich fahre. Ich hoffe, du hast die Papiere machen lassen.«

Dohmer zog seine Brieftasche hervor und nahm ein paar Papiere heraus, einen Führerschein, eine Zulassung, eine Versicherungskarte, und gab sie Harbin. Harbin sah sie durch und bemerkte, daß sein falscher Name nicht zu sonderbar oder auch nicht zu gewöhnlich war, dann winkte er Dohmer und Baylock heran. Die drei gingen die Treppe hinauf und packten ihre Sachen. Sie legten die Smaragde in einen zerschlissenen Koffer, nahmen ihr Gepäck, verließen langsam das Haus und gingen durch den Regen.

Der Chevrolet stand in der Nähe in einer Garage, die sie von einem alten Ehepaar gemietet hatten, das kein Auto besaß und sehr zurückgezogen lebte. Dohmer hatte die notwendigen Veränderungen vorgenommen; der Chevrolet war jetzt in einem dunklen Orange gespritzt, er hatte andere Nummernschilder und eine andere Fahrgestellnummer und sah wie ein völlig anderer Wagen aus.

Harbin fuhr, und Baylock saß neben ihm. Dohmer machte es sich im Fond bequem, er schlief schon, ehe sie die Delaware-Brücke erreicht hatten. Es waren nur wenige Autos auf der Brücke. Als sie mitten auf der Brücke waren, begann Baylock sich Sorgen zu machen.

»Warum mußten wir den Wagen orange lackieren?« wollte Baylock wissen. »Von allen Farben, die wir hätten nehmen können, mußten wir uns ausgerechnet für Orange entscheiden. Eine tolle Farbe für ein Auto. Wer streicht sein Auto schon orange an?«

»Du machst dir wegen der Polizei Sorgen«, sagte Harbin, »aber unsere Sorge ist jetzt nicht die Polizei.«

»Eine andere Sache«, sagte Baylock. »Warum in Gottes Namen mußten wir den Wagen nehmen? Warum konnten wir nicht mit dem Zug fahren?«

»Und die Smaragde mit in den Zug nehmen? Und bei achtzig Meilen die Stunde in dem Zug festsitzen und nicht aussteigen können, wenn etwas schiefgeht? Wenn du reden willst, dann rede nicht solchen Blödsinn.«

Der Wagen erreichte New Jersey auf der anderen Seite der Brücke, und Harbin zahlte dem Staat New Jersey zwanzig Cents für die Benutzung der Brücke. In Camden ließ der Regen ein wenig nach. Als sie auf die Black Horse Pike kamen, begann es wieder stärker zu regnen. Es wurde ein Dauerregen mit starken Atlantik-Winden.

Harbin steigerte das Tempo auf 55 Meilen und hielt es auf der nassen, schwarzen Straße. Der Regen schien genau senkrecht auf den Wagen zu prasseln. Harbin mußte sich ein wenig vorbeugen, seine Augen dicht hinter der Windschutzscheibe, um sehen zu können, wohin er fuhr.

Baylock sagte: »Gladden sah gut aus.«

»Was meinst du damit, sie sah gut aus.«

»Ihr Gesicht. Ihr Gesicht sah gut aus. Sie hatte Farbe bekommen.«

»Die Seeluft«, sagte Harbin. »Seeluft tut jedem gut. Seeluft und die Sonne.«

»Es war nicht die Sonne.« Baylock klang sehr bestimmt. »Und seit wann verändert Seeluft die Augen?

Ich sah sie nur einmal an, und sofort fielen mir ihre Augen auf.«

»Was stimmte mit ihren Augen nicht?«

»Nichts. Ihre Augen sahen toll aus. Ich hatte nie zuvor solche Augen gesehen. Ich schätze, das ist in Atlantic City mit ihren Augen passiert. Sie kriegte den richtigen Atlantic-City-Blick. Sie wollte unbedingt dorthin zurückkehren. Als gäbe es dort etwas, nach dem sie sich zurücksehnte. Wie die Seeluft und den Sonnenschein.«

»In Ordnung«, sagte Harbin.

»Und daher«, sagte Baylock, »frage ich mich die ganze Zeit, warum wir uns den Ärger aufhalsen und nach Atlantic City fahren, um sie von etwas wegzuholen, das sie haben will.«

Harbin konnte nicht antworten. Er hatte sich völlig auf die Straße konzentriert und auf seinen Kampf, den er gegen den Nordostwind und den Regen führen mußte.

»Den ganzen Ärger«, jammerte Baylock plötzlich. »Und das Risiko.«

»Hör auf, von Risiko zu faseln.« Harbin wurde wütend. »Da ist kein Risiko. Warum legst du nicht den Kopf ein bißchen zurück und machst ein Nickerchen.«

»Wer kann bei diesem Wetter schlafen? Guck dir das verdammte Wetter an.«

»Es läßt nach.« Harbin wußte, daß der Sturm nicht nachlassen würde. Das Wetter wurde schlechter, der Regen stärker, der Wind heftiger, und nun mußte er auf 40 Meilen heruntergehen und hatte sogar Schwierigkeiten, dieses Tempo zu halten.

»Ich wette«, sagte Baylock, »wir sind der einzige Wagen auf der Black Horse Pike.«

»Das ist eine sichere Wette.«

»Sogar die Katzen«, jammerte Baylock, »bleiben in einer solchen Nacht zu Hause.«

Harbin wollte etwas sagen, aber da traf der Wagen ein Schlagloch in der Straße. Ein häßliches Geräusch entstand, als die hinteren Schraubenfedern durchschlugen und sich verformten. Der Wagen holperte auf und ab, und Harbin wartete darauf, daß er auseinanderbrach. Aber der Wagen fuhr weiter durch den Nordostwind. Die Scheinwerfer fanden ein Schild, das besagte, Atlantic City sei 45 Meilen entfernt. Dann war das Schild an ihnen vorbei, und vor ihnen war wieder nur die Dunkelheit und der Sturm. Harbin hatte das seltsame Gefühl, sie wären tausend Meilen von Atlantic City und tausend Meilen von allem entfernt. Er versuchte sich einzureden, daß die Straße vor ihm wirklich war, daß sie bei Tageslicht eine ganz normale Asphaltstraße war. Aber sie sah völlig unwirklich aus, wie ein Weg, der für unwirkliche Reisen gemacht war, sein Glanz war unwirklich, ebenso die Finsternis mit ihrer Undurchdringlichkeit.

Baylocks Stimme erreichte ihn, sein Gejammer fuhr schneidend durch das Getöse des Sturms. »Ich weiß jetzt ganz sicher«, sagte Baylock, »daß wir einen großen Fehler gemacht haben. Wir waren verrückt, daß wir losgefahren sind. Ich kann dir gar nicht sagen, wie ich es bereue, daß wir diese Sache angefangen haben. Aber solange wir noch die Chance haben, sollten wir uns besser von dieser Straße verziehen.«

»Wir kommen durch.« Harbin wußte, daß es dumm war, das zu sagen. Es bedeutete, er versuchte sich genauso zu beruhigen wie Baylock.

Baylock sagte: »Du warst immer der Schlaukopf, und wir waren immer die Sündenböcke. Aber jetzt frage ich mich, wie schlau du wirklich bist. Der Kerl, der dich verfolgte, vielleicht ist er der große Schlaukopf. Also, laß uns sehen, wie sein kluges Köpfchen für gewöhnlich funktioniert. Er hatte genug Köpfchen, um das Haus zu finden, genug, um uns auszukundschaften. Doch jetzt kommt der Punkt. Vielleicht hat er auch Dohmer verfolgt, bis zu der Garage, und beobachtet, wie Dohmer den Wagen lackierte.«

»Du klingst, als lebtest du hinter dem Mond. Vergiß es.«

»Ich kann es aber nicht vergessen. Wenn du eine Hochspannungsleitung in der Hand hältst, kannst du sie nicht loslassen. Dieser Kerl ist, wie du sagst, hinter den Smaragden her, nicht hinter uns. Das paßt. Aber da ist noch etwas anderes. Wenn er uns verliert, verliert er auch die Smaragde. Also müssen wir genauso denken, wie er über die Sache denken würde. Selbst wenn er nicht auf der Seite des Gesetzes steht, kann er dem Gesetz immer noch gerade so viele Informationen geben, um sicherzugehen, daß wir nicht abhauen.«

»Dann sag mir, wie er das anstellen kann.«

»Warum sollte ich dir das sagen müssen? Das solltest du selbst wissen. Du bist doch ein Experte für alles. Und sogar ein Trottel kann sich vorstellen, was der Mann macht. Er ruft das Polizeirevier an, anonym versteht sich, und macht ein paar Angaben über einen orangefarbenen Chevrolet. Er sagt, es sei ein dunkles Orange mit einer Menge schönem Chrom. Er sagt natürlich nichts von den Smaragden oder dem Einbruch, sagt nur, der Wagen sei gestohlen.«

»Du bist auf dem Holzweg.«

»Nein, du bist auf dem Holzweg. Du versuchst dich vor der Sache zu drücken, aber du weißt Bescheid, genau wie ich Bescheid weiß.« Baylocks Stimme klang jetzt so schrill, daß es kein Wimmern, sondern beinahe ein Kreischen war. »Du und dein kluges Köpfchen. Du und deine Verpflichtungen. Dieses magere Mädchen in

Atlantic City, das Orange liebt. Du und dein Mädchen Gladden.«

Harbin erhöhte das Tempo auf 40 Meilen. Dann steigerte er die Geschwindigkeit auf 50, wenig später auf 60 Meilen. Er spürte das Zittern des Wagens, als er auf 70 beschleunigte, durch den Tumult von Wind und Regen. Er hörte jedes Geräusch auf der Welt, das sich zusammenzog, um ein einziges tosendes Geräusch zu werden, und durch diesen Lärm vernahm er das Jammern Baylocks. Obwohl Baylock ihn anflehte, langsamer zu fahren, wußte er, daß das Geheule etwas anderes zu bedeuten hatte.

»Ich habe es dir gesagt«, schrie Baylock und wimmerte. »Siehst du? Ich habe es dir gesagt.«

Baylocks Hände berührten den Rückspiegel, Baylocks Finger zitterten, seine Finger auf dem Spiegel zeigten Harbin zwei kleine Flecken von gelbem Licht.

»Es ist nichts.« Harbin nahm den Fuß ein wenig vom Gaspedal. Die beiden Lichtflecken wurden sofort größer, und er gab wieder Gas. Wieder hörte er ein Heulen, aber fast im gleichen Moment wußte er, daß es nicht Baylocks Gejammer war. Es war ein mechanisches Heulen. Er lauschte, versuchte das Heulen einzuordnen und wußte, daß es eine Polizeisirene war, die genau von dort erklang, von wo die beiden Scheinwerfer ihr Licht in seinen Rückspiegel sandten.

»Weck Dohmer auf«, rief er. Er blickte auf den Tachometer. Der Wagen fuhr 70 Meilen. Er hörte, wie Dohmer knurrte, als er aus dem Schlaf geholt wurde, dann hörte er den Widerstreit zwischen Dohmers Stimme und der von Baylock. Aus den Augenwinkeln sah er, daß Baylock das Handschuhfach öffnete, weit hinein griff, um ein anderes Fach zu öffnen, das Dohmer eingebaut hatte, um ihre Revolver zu verstecken. Er sah das Blinken der Revolvertrommeln, als Baylock die Waffen herausnahm. Dohmer auf dem Rücksitz bewegte sich unruhig wie ein großes Tier, er drehte sich herum, um durch das hintere Fenster zu blicken.

»Leg die Revolver zurück«, sagte Harbin.

Baylock kontrollierte die Waffen, um sicherzugehen, daß sie auch geladen waren. »Hör auf, dich lächerlich zu machen.« Baylock nahm die Waffen hoch.

»Leg sie zurück«, sagte Harbin. »Wir haben sie bisher nicht gebraucht, und wir werden sie auch jetzt nicht brauchen.«

»Da solltest du dir aber verdammt sicher sein.«

»Das bin ich. Leg sie zurück.«

»Um Gottes willen«, schrie Dohmer. »Fahr schneller, okay? Was geht hier nur vor? Warum fährst du nicht schneller? Wofür zum Teufel bremst du ab?«

Der Wagen ging auf 60 Meilen herunter. Er wurde immer langsamer, und die beiden Flecken Licht im Rückspiegel wurden größer. Harbin wandte sein Gesicht ein wenig Baylock zu.

»Ich will, daß du die Waffen zurücklegst«, sagte Harbin.

Die Sirene des Streifenwagens klang schneidend durch den Nordostwind, trug das Feuer ihres durchdringenden Heulens in Harbins Kopf, setzte seinen Kopf in Brand, während er Baylock weiter aufforderte, die Revolver zurückzulegen und das Geheimfach zu schließen.

Baylock sagte: »Ich weiß, daß wir die Knarren brauchen.«

»Du fängst mit den Revolvern an, und du bist tot.«

»Wir brauchen die Knarren.«

Harbin hatte den Wagen auf 40 Meilen die Stunde abgebremst. »Ich sage es nicht noch einmal«, sagte er. »Leg die Waffen zurück!«

»Bist du sicher, daß du wirklich willst, daß ich die Knarren zurücklege?«

»Ich könnte mir nicht sicherer sein«, entgegnete Harbin.

Er sah wieder das Aufblitzen, als die Waffen zurück in das Handschuhfach glitten. Baylocks Arm schob die Revolver weit in den Hohlraum an einer Seite. Dann hörte Harbin das Klicken, als das Fach geschlossen wurde. Nun konnte er die Polizeisirene nicht länger hören. Von hinten konnten sie sehen, daß er langsamer geworden war, und würden darauf warten, daß sie zu ihm aufschlossen. Der Chevrolet verlangsamte von 30 auf 20 Meilen, dann auf 15, und schließlich hielt er am Straßenrand.

Harbin fragte sich, ob es richtig wäre, sich in dieser Situation eine Zigarette anzustecken. Vor ihm spülte der Regen über die müde hin und her gleitenden Scheibenwischer, immer mehr Regen prasselte aus der Dunkelheit herab. Er schob sich eine Zigarette in den Mund und lehnte seinen Kopf zurück, als er die Zigarette ansteckte. Jetzt konnte er den Motor des Streifenwagens hören, und dann flutete das Scheinwerferlicht herein und warf helle, weiße Muster an die Decke des Chevrolet. Plötzlich hörte er noch etwas anderes, und als er es sah, war es schon zu spät, er konnte Baylock nicht mehr aufhalten, konnte das Handschuhfach nicht mehr schließen, um Baylocks Hand zu packen. Baylock hatte den Revolver in der Hand und hielt ihn eng an seinen Körper gepreßt, während der Streifenwagen neben dem Chevrolet hielt. Harbin drehte sich, um Dohmer anzublicken. Er sah, daß Dohmer langsam nickte, und wußte, daß Baylock es schnell und geschickt angefangen hatte und daß Dohmer die andere Waffe hielt.

»Gebraucht die Waffen nicht«, sagte Harbin. »Ich bitte euch: Gebraucht sie nicht.«

Er hatte nicht die Zeit, noch etwas anderes zu sagen. Ein großer Mann, der einen Regenmantel mit Kapuze trug, war aus dem Streifenwagen gestiegen. Die Scheinwerfer des Polizeiwagens strichen an Harbins Gesicht vorbei, sie spendeten genug Licht, um die Umgebung zu erhellen und die beiden anderen Polizisten zu zeigen.

Harbin kurbelte das Fenster herunter und atmete den Zigarettenqualm aus. Er sah das große glänzende Gesicht des großen Polizisten, sehr glänzend und sonderbar in dem Zusammenspiel von Licht und Regen.

»Warum die Eile?« fragte der Polizist. »Sie wissen, was für ein Tempo Sie drauf hatten?«

»70 Meilen.«

»Das sind 20 zu viel«, sagte der Polizist. »Führerschein und Zulassung, bitte.«

Harbin nahm die Papiere aus seiner Brieftasche und gab sie dem Polizisten. Der Polizist sah sich die Papiere an, machte aber keine Anstalten, ihn aufzuschreiben.

»Wir hier in Jersey hängen am Leben«, sagte der Polizist. »Ihr Autofahrer aus Pennsylvania kommt herüber und versucht, uns umzubringen.«

»Sie sehen ja, was das für eine Nacht ist«, widersprach Harbin. »Wir wollen nur aus diesem schlechten Wetter herauskommen.«

»Soll das eine Entschuldigung sein? Das ist ein Grund mehr, die Geschwindigkeitsbeschränkung einzuhalten. Sie haben außerdem noch etwas anderes gemacht. Sie sind über die weiße Linie gefahren. Sie waren auf der falschen Seite der Straße.«

»Der Wind hat mich herübergedrückt.«

»Der Wind hatte damit nichts zu tun«, sagte der Polizist. »Wenn Sie ein vorsichtiger Fahrer wären und die

Gesetze befolgen würden, brauchten Sie sich um den Wind keine Sorgen zu machen.« Er wandte sich zu den anderen Polizisten um. »Ich habe es euch ja gesagt, er schiebt alles auf den Wind.«

»Nun«, sagte Harbin. »Ich weiß, ich hab' schon besseres Wetter gesehen.«

»Sie fahren zur Küste hinunter?«

Harbin nickte.

Der Polizist sagte: »Wenn Sie schönes Wetter haben wollen, werden Sie das in Atlantic City nicht kriegen. Nicht in den nächsten Tagen jedenfalls. Und ich sage Ihnen eines, ich möchte heute nacht nicht dort unten sein. Wenn über den Ozean der Nordostwind peitscht, gibt es keinen schlimmeren Ort.«

Er reichte die Papiere Harbin zurück, und Harbin legte sie in seine Brieftasche. Der Polizist hatte ihn nicht aufgeschrieben, und Harbin sagte sich, daß alles in Ordnung, daß alles ausgestanden war und der Rest nicht mehr sonderlich bedeutsam sein würde.

»Seien Sie jetzt vorsichtig«, warnte ihn der Polizist. »Wenn Sie nicht als Verrückter angesehen werden wollen, fahren Sie nicht schneller als 40 Meilen. Wenn Sie einmal ins Schleudern geraten, werden Sie im Grab landen.«

»Ich werde daran denken, Officer.«

Der Polizist wandte sich zu seinem Wagen um, doch in diesem Augenblick drehte einer der anderen Cops den Suchscheinwerfer so, daß sein Licht in den Chevrolet fiel. Unwillkürlich folgten die Augen des großen Polizisten dem Strahl des Lichts. Der Strahl fuhr an Harbins Kopf vorbei in das Hintere des Chevrolet. Harbin drehte den Kopf, sah, wie der Strahl Dohmer auf dem Rücksitz erfaßte, der Revolver in seiner Hand mitten im Scheinwerferlicht. Dann, als der Polizist grunzte und nach seiner eigenen Waffe griff, hob Dohmer den Revolver und zielte auf das große, glänzende Gesicht.

»Nein, nicht«, flehte Harbin, aber dann hörte er den Knall von Dohmers Revolver, als der Polizist nach seiner Waffe griff. Auf der anderen Seite des Wagens hatte Baylock schon die Tür aufgerissen und sprang heraus. Harbin versuchte, sich zu bewegen, und konnte nicht verstehen, warum es ihm nicht gelang. Er starrte den großen Polizisten an.

Das Gesicht des großen Polizisten war vollkommen zerstört worden, weggerissen von der Kugel, und nun sank es langsam unter den Lichtstrahl. Harbin nahm eine hastige Bewegung in dem Streifenwagen wahr, er spürte, wie sein Körper sich endlich bewegte, ein Sprung nach hinten, als er sich durch die Tür warf, die Baylock geöffnet hatte. Während er aus dem Wagen stürzte, sah er, daß Dohmer auf einen riesigen Schatten zusprang, ein Gebüsch, das den Straßengraben säumte. Er hörte das Krachen von Revolverkugeln, hörte die Schreie der Polizisten, als sie um ihren Wagen herumliefen und auf das Gebüsch zusteuerten. Sie rannten auf Dohmer zu und schossen auf ihn, als er in das Gebüsch springen wollte. Dohmer stellte sich ungeschickter an als jemals zuvor. Er hatte es geschafft, über den Graben zu kommen, aber dann stolperte er vor dem Gebüsch, stand auf, stolperte wieder, fiel in einen Busch und verfing sich in den Zweigen. Dann wußte Dohmer, daß er getroffen werden würde, und er stieß einen Schrei aus, und kurz danach wurde er getroffen. Er krümmte sich, seine Hände griffen in die Zweige. Sein Körper bog sich nach hinten, als er die Schultern zurückwarf. Die Polizisten liefen näher zu ihm heran und schossen wieder. Sie feuerten in seinen Magen. Er schrie die Polizisten an. Er schrie den Regen und den regnerischen Himmel an. Er begann zu fallen, aber er war zu unbeholfen, um nur zu fallen. Er stolperte, als er fiel, und während er stolperte, hob er seinen Revolver und feuerte einen, zwei, drei Schüsse auf die Polizisten ab. Einer der Polizisten starb sofort, sein Herz wurde von der Kugel durchbohrt. Der andere Polizist begann zu stöhnen, ein würgender, glucksender Laut drang aus seiner Kehle, als er sich an die Brust griff. Der tote Dohmer prallte gegen ihn, und beide stürzten zu Boden. Der Polizist zog sich von Dohmers Leiche weg, kroch auf Händen und Knien aus dem Graben und rollte dann in den Graben.

Harbin, der an einer Seite des Chevrolet kauerte, wartete, daß der Polizist wieder aus dem Graben kletterte. Aber alles, was Harbin sehen konnte, waren die reglosen Beine des Polizisten, die aus dem Graben ragten. Dann kam aus einer anderen Ecke des Gebüschs ein Geräusch. Harbin wandte sich um und sah, daß Baylock aus dem Gebüsch auftauchte. Baylock ging am Gebüsch entlang auf die Beine des Polizisten zu. Harbin rief Baylock, und Baylock blieb stehen, drehte sich schnell herum, sah ihn an und ging dann weiter auf den Polizisten zu. Dann bewegten sich die Beine; der Polizist versuchte, sich aus dem morastigen Wasser zu ziehen. Baylock ging mit angewinkeltem Arm, den Revolver in der Hand, zu dem Polizisten, er starrte ihn an und zielte auf ihn.

Der Revolver war nur Zentimeter von dem Kopf des Polizisten entfernt, als Harbin auf Baylock losstürzte, ihn anrief, ihn anflehte, den Polizisten zu vergessen und abzuhauen. Wieder drehte sich Baylock herum und sah Harbin an, er bedeutete ihm wegzubleiben, und dann feuerte er zwei Kugeln in den Kopf des Polizisten.

Regen fiel Harbin in die Augen. Er wischte den Regen weg und stand reglos da und sah Baylock an. Er dachte nicht an Baylock. Er dachte an nichts und niemanden auf der Welt. Er beobachtete, wie Baylock die Leichen von Dohmer und den Polizisten untersuchte. Er folgte Baylock zur Straße und beobachtete, wie Baylock die Leiche des Polizisten untersuchte, dem das Gesicht zerschossen worden war.

»Steig in den Wagen«, sagte Harbin.

Baylock richtete sich auf und ging von dem Chevrolet weg und öffnete blicklos die Tür des Streifenwagens, um einzusteigen.

»Nicht den Wagen«, sagte Harbin.

Baylock drehte sich herum. »Wo ist unser Wagen? Den Wagen, den wir gefahren haben?«

»Direkt vor dir. Du guckst ihn an.«

»Ich kann ihn nicht sehen.« Baylock hustete, bekam einen Hustenanfall. »Laß uns zum Haus zurückfahren, laß uns im Haus bleiben.«

Harbin ging zu Baylock hinüber, führte ihn zum Chevrolet und half ihm beim Einsteigen. Dann saß Harbin hinter dem Lenkrad, legte den Gang ein, fuhr auf die Straße zurück, legte den zweiten Gang ein, beschleunigte, das Getriebe knirschte, als der Wagen in einem hohen Gang weiterfuhr. Die Reifen spritzten durch Wasser, das eine Mulde in der Straße füllte. Das Wasser stand immer höher auf der Straße, und sie fuhren durch riesige Wasserlachen. Es kam Harbin vor, als gehörte auch das Innere des Wagens zu dieser Wasserlandschaft. Das Lenkrad fühlte sich wie Wasser an. Und auch sein Körper schien ganz aus Wasser zu bestehen.

»Was tun wir?« fragte Baylock.

»Wir sitzen in dem Chevrolet. Wir fahren nach Atlantic City.«

»Ich will nicht nach Atlantic City fahren.«

»Genau das tun wir aber.«

»Ich will zum Haus. Das ist der einzige Ort, wo ich hinfahren will.«

»Wo ist der Revolver?« wollte Harbin wissen.

»Schau dir den Regen an. Schau, wie es regnet.«

»Was hast du mit dem Revolver gemacht?« fragte Harbin. »Hast du ihn fallen gelassen?«

»Ich glaub' schon«, sagte Baylock. »Ich muß ihn fallen gelassen haben. Wir fahren besser zurück und holen ihn.«

»Was wir besser tun«, sagte Harbin laut zu sich selbst, »ist, von dieser Straße zu verschwinden.«

»Laß uns von der Straße verschwinden und zurück zum Haus fahren!«

Die Straße wurde wieder eben, und es gab keine Wasserlachen mehr. Lichter tauchten vor ihnen auf, und Harbin konnte erkennen, daß sie zu einem der Orte gehörten, die die Black Horse Pike auf ihrem Weg nach Atlantic City säumten. Er schaute auf seine Armbanduhr, es war kurz nach zwei. Es war zu spät, um einen Bus oder gar einen Zug zu nehmen. Ihr einziger Weg, nach Atlantic City zu kommen, war, im Wagen zu bleiben, eine Nebenstraße zu nehmen und sich von den Polizisten fernzuhalten, die bald die Pike bevölkern und jedes Auto anhalten würden. Er sah eine Straße, die nach rechts abzweigte, und wußte, daß es eine Chance war. Vielleicht war es eine schlechte Chance, aber er konnte nicht anhalten, um darüber nachzudenken. Der Chevrolet bog in die Nebenstraße und folgte ihr ein paar Meilen, dann bog er in eine andere Straße, die parallell zur Pike verlief.

Baylock sagte: »Wir fahren den falschen Weg.«

»Warum sagst du das?«

»Weil ich es weiß. Wir haben die falschen Abzweigungen genommen.«

»Du bist verrückt«, sagte Harbin.

Baylock sagte: »Wir sollten eine Knarre haben.«

»Wir sollten eine Menge Dinge haben. Wir sollten einen Apparat haben, der deine Hand zurückzieht, wenn du nach einer Waffe greifst.«

»Ich sage ja«, beharrte Baylock, »was wir brauchen, ist eine Knarre. Wenn ich meinen Revolver nicht dort fallen gelassen hätte, würde ich jetzt einen haben. Ich kann dir gar nicht sagen, wie sehr mir mein Revolver fehlt.«

»Wenn du nicht das Maul hältst«, sagte Harbin, »wirst du noch verrückter, als du schon bist. Und du bist schon ziemlich verrückt. Warum hältst du nicht das Maul? Warum versuchst du nicht, ein wenig zu schlafen?«

»Das sollte ich tun«, gab Baylock zu. »Ich sollte ein wenig schlafen. Ich würde mich viel besser fühlen, wenn ich nur schlafen könnte.«

»Dann versuch es.«

»Weck mich, wenn irgend etwas passiert.«

»Wenn etwas passiert«, sagte Harbin, »werde ich dich nicht wecken müssen.«

Er steuerte den Chevrolet in eine schmale Straße, die nach Osten führte. Fast eine Stunde lang folgte er der Straße, dann mußte er abbiegen, wo die Straße sich nach Norden wand.

Statt ihn nach Atlantic City zu bringen, führte ihn die Straße weg, aber er mußte auf ihr weiterfahren und darauf warten, daß sie wieder nach Osten bog. Er hörte Baylocks schweres Atmen, und gelegentlich murmelte Baylock etwas, das keine Bedeutung hatte. Ein neues, anderes Gefühl zog in den Wagen; es war das Gefühl einer völligen Einsamkeit, als existierte Baylock gar nicht. Draußen stob der Wind vom Meer heran. Dann teilte sich die Straße, und eine Spur führte nach Osten. Harbin bog ab. Er hörte den Regen und das Tosen des Sturmes.

11

Dann geschah weit draußen auf dem Meer etwas Sonderbares mit dem Nordwestwind und warf ihn aus der Bahn. Die Wellen, die groß und heftig gewesen waren und die den Wind gegen Atlantic City geworfen hatten, begannen sich zu beruhigen, der Regen schwächte zu einem Nieseln ab, und gegen vier Uhr am Morgen legte sich der Sturm schließlich. Er ebbte ab, kurz bevor der Chevrolet Atlantic City erreichte, Harbin lenkte den Wagen in eine kleine Straße, die zur Bucht führte. Er parkte den Wagen am Ende der Straße, ging zum Kai und sah ein paar Kabinenkreuzer, die auf den Wellen schaukelten. Es schien, als wäre das Wasser tief genug für das, was Harbin vorhatte. Er wußte, daß er es tun mußte, bevor der Himmel aufhellte. Er lief zum Wagen zurück, stieg ein, schaltete in den Rückwärtsgang und fuhr ungefähr zwanzig Meter die Straße zurück, dann zog er die Handbremse und verpaßte dem schlafenden Baylock einen Stoß mit dem Ellbogen.

»Du hast vielleicht Beine, Baby«, stöhnte Baylock. »Du hast wunderschöne Beine. Trage deine Kleider so kurz, daß ich deine Beine sehen kann.«

»Komm schon, wach auf«, sagte Harbin.

»Nun schau her, Baby, du . . .« Baylock blinzelte ein paarmal, öffnete den Mund, schloß ihn dann plötzlich wieder, schien einen schlechten Geschmack im Mund zu spüren und zog eine Grimasse.

Er setzte sich auf und rieb sich die Augen. Dann sah er Harbin an.

»Wir sind da«, sagte Harbin. »Ich werde den Wagen in die Bucht stürzen. Hilf mir, die Taschen herauszuholen.«

»Was für eine Bucht?«

»Du wirst es gleich sehen. Laß uns die Sache hinter uns bringen.«

Sie luden die Taschen aus dem Wagen, alle Sachen bis auf Dohmers großen, braunen Koffer. Dann stieg Harbin in den Wagen, legte den Gang ein und fuhr ihn zur Bucht. Er hielt die Tür offen und öffnete sie noch ein Stück, als der Wagen sich dem Wasser näherte. Das Ende des Kais tauchte auf, und Harbin sprang aus dem Wagen und lief zu Baylock und dem Gepäck zurück. Er hörte den Aufprall und hoffte, daß das Wasser tief genug war, um ihn zu überspülen und ihn zu verbergen, aber er hatte keine Zeit, zurückzugehen und nachzuschauen. Als er sich Baylock näherte, gab er ihm ein Zeichen. Baylock nahm die beiden kleineren Taschen und den Koffer und ließ Harbin eine kleine Tasche und den Koffer mit den Smaragden tragen.

Sie hatten zwei Straßenblocks hinter sich gelassen, als ein Taxi ihren Weg kreuzte. Baylock rief nach dem Taxi, und es hielt sofort an. Sie zwängten sich mit ihren Taschen hinein. Harbin sagte, sie wollten zu einem billigen Hotel. Der Fahrer warf einen zweiten Blick auf Harbins Kleidung. Harbin fragte freundlich, warum er so schaue, und der Fahrer sagte, er schaue nichts Bestimmtes an.

Das Taxi hielt vor einem heruntergekommenen Haus in der Nähe der Tennessee Avenue. Harbin bezahlte, gab dem Fahrer einen Vierteldollar Trinkgeld und sagte, er wünschte, er könnte ihm mehr geben. Der Fahrer lächelte freundlich, legte den Gang ein und fuhr davon.

Sie betraten das Hotel, und ein Angestellter führte sie in ein Zimmer auf der ersten Etage. Es war ein Doppelzimmer für zwei Dollar. Es sah entsetzlich aus. Das Fenster ging auf die Mauer eines anderen Gebäudes hinaus. Baylock sagte, sie würden in diesem Zimmer ersticken. Doch Harbin antwortete, sie wären nicht lang genug dort, um zu ersticken.

Baylock fragte: »Wie lange bleiben wir?«

»Bis ich Gladden geholt habe.«

»Wann holst du sie?«

»Gleich.« Doch er hatte nicht das Gefühl, als würde er gleich gehen. Er wollte nur ins Bett. Seine Muskeln waren müde, seine Arme waren nach der anstrengenden Fahrt besonders müde. Aber am schlimmsten war es mit seinen Augen. Seine Augen fielen ihm immer wieder zu, und er mußte sich anstrengen, sie offenzuhalten.

Harbin steckte sich eine Zigarette an und ging aus dem Zimmer. Unten in einer Art Foyer entdeckte er ein Münztelefon an einer Wand, und unwillkürlich zog er aus seiner Tasche den gefalteten Zettel heraus, auf dem die Adresse von Gladdens Hotel und ihre Telefonnummer stand. Er wollte sie anrufen, ihr sagen, daß er in der Stadt war und sie am Morgen sehen würde. Es wäre angenehm zu telefonieren, es würde ihm gestatten, wieder hinaufzugehen und ins Bett zu fallen. Er konnte sich nicht erinnern, jemals so müde gewesen zu sein. Das Münztelefon forderte ihn förmlich auf zu wählen, aber er wußte, daß es mit einem Telefonat nicht getan war. Ihm war bewußt, wie wichtig es war, daß er zu ihr ging und bei ihr war.

Auf der Tennessee Avenue steuerte er auf die Promenade zu. Der Himmel war noch immer dunkel, als er die Promenade erreichte, doch weit draußen, jenseits des Strandes und der weißen Wellenbrecher, sah er das erste schwache Licht der Morgendämmerung über der See. Die hölzerne, noch feuchte Promenade sah aus, als hätten einige Putzkolonnen einige Wochen auf ihr herumpoliert. Jede vierte Lampe entlang des Geländers brannte schwach, und das war das einzige Licht, außer dem sanften Hauch der Dämmerung über dem Meer. Und mit der Dämmerung kam die Hitze, eine unnatürliche Hitze, die nicht von der See stammen konnte. Sie mußte von den Wiesen und Sümpfen New Jerseys nördlich der Küstenlinie kommen. Entlang der Promenade waren die Fassaden des Strandhotels ruhig und gleichgültig, warteten reglos auf die Menschenmassen, die kommen würden, wenn der Sommer anbrach, und duldeten unterdessen die vereinzelten Gäste, die um diese Zeit die besten Zimmer zu Vorsaisonspreisen bewohnten.

Harbin dachte an das, was auf der Pike passiert war. Es war ein Beispiel für das Gesetz der Wahrscheinlichkeit. Es hatte früher oder später so kommen müssen. Etwas Ähnliches war schon einmal passiert, vor langer Zeit in Detroit, in der Nacht, als Gerald Gladden sein Blut auf dem Pflaster vergoß. In jener Nacht hatte sich ein Verhaltensmuster herausgebildet, das sich in dieser Nacht wiederholte. Denn in jener Nacht, als er vor der Polizei floh, war er in die Richtung gelaufen, die zu dem kleinen Mädchen führte, das Gerald Gladdens Tochter war. Und heute nacht spielte sich das Ganze wieder ab. Er lief zu Gerald Gladdens Tochter, um sie an sich zu drücken und sie wegzubringen, bevor ihr irgend etwas passieren konnte.

Dasselbe Muster. In all den Jahren war er auf verschiedene Weise immer demselben Muster gefolgt. Es war immer notwendig gewesen, zu Gladden zurückzukehren, bei ihr zu sein und mit ihr zu gehen. Es war mehr als eine Gewohnheit, weit mehr als eine Vorliebe. Es war so etwas wie ein eherner Grundsatz, wie sein Hang zu einer besonderen Droge. Die Grundlage von allen Dingen in seinem Leben war der Zwang, für Gladden zu sorgen.

Ein Widerspruch kam ins Spiel. Er erkannte, daß der Widerspruch in jener Nacht in dem Club aufgetaucht war, als er Gladden vorgeschlagen hatte, nach Atlantic City zu fahren und sich eine Weile zu erholen. Der Widerspruch vertiefte sich, als er daran dachte, daß Gladden ihn gebeten hatte, mit ihm zu kommen, und er abgelehnt hatte. Das bedeutete, daß das Muster durcheinanderzugeraten begann und er für ein anderes Muster empfänglich wurde, oder für eine andere Droge oder einen anderen Grundsatz oder wie immer man das nennen wollte, das ihm passiert war, als er in dem Restaurant saß und sich angezogen gefühlt hatte durch die Augen dieser Frau.

Aber jetzt war er zurückgekehrt in die unbestimmten und doch festen Grenzen von Gladdens Muster. Als er sich darauf konzentrierte, gewann die Unbestimmtheit an Konturen, wie ein verschwommenes Bild allmählich schärfer wurde, wenn man die Linse verstellte. Er grub sich durch die Gründe, durch die Schichten von Gründen für all die Dinge, die er seit jenem Nachmittag getan hatte, als Gerald Gladden ihn krank und hungernd an der Straße nach Westen aufgelesen hatte. Er war ein Kind gewesen, sechzehn Jahre alt, aber trotzdem ein Kind, ein Waisenkind mit nichts im Kopf als dem dringenden Wunsch nach Nahrung, ein Waisenkind, voll der mitleiderregenden Verwirrung eines Wesens, das Hilfe von einer Welt erfleht, die es nicht erhört. Nur Gerald hatte ihn erhört. Gerald hatte ihn aufgenommen und ihm zu essen gegeben. Es war gestohlenes Essen gewesen, denn Gerald hatte mit Geld dafür bezahlt, das aus dem Verkauf gestohlener Dinge stammte. Es war keine rechtmäßig erworbene Nahrung, aber es war gute

Nahrung, und wenn er sie nicht gegessen hätte, wäre er gestorben. Später, nach ihrem ersten Einbruch, hatte Gerald es ihm erklärt. Gerald liebte es, Dinge zu erklären, nicht nur die Vorgehensweise und die hohe Schule des Einbruchs, sondern der Philosophie, die dahinter stand, Geralds eigene Philosophie. Gerald behauptete stets, daß Stehlen kein sonderlich ungewöhnliches Verhalten darstellte, daß jedes Tier, einschließlich des Menschens, kriminell sei und daß jedes Tun im Leben zu einem großen Verbrechen gehörte. Welches Gesetz, so pflegte Gerald zu fragen, konnte der Notwendigkeit Einhalt gebieten, sich Nahrung zu nehmen und sie zu essen? Kein Gesetz, so Gerald, konnte diese Praxis des Nehmens auslöschen. Nach Gerald liefen die einfachsten und primitivsten Grundzüge im Leben auf nichts anderes hinaus als auf das Geschäft des Nehmens, sich etwas zu nehmen und damit davonzukommen. Ein Fisch stahl die Eier eines anderen Fisches. Ein Vogel raubte das Nest eines anderen Vogels aus. Unter den Gorillas wurde der gerissenste Dieb das Oberhaupt der Sippe. Unter den Menschen, so pflegte Gerald zu sagen, waren die Könige und Prinzen und Industriebosse die erfolgreichsten Diebe, entweder waren sie große, starke Diebe oder nette, höfliche Diebe, die aus dem Hintergrund agierten. Aber Diebe waren sie alle, so behauptete Gerald, und bekamen immer mehr Macht, wenn sie damit durchkamen.

Harbin hatte Gerald zugehört, denn es gab niemanden sonst, dem er zuhören konnte. Er hatte zugehört, und er hatte alles geglaubt. Gerald war der einzige Mensch um ihn herum gewesen. Geralds Unterricht war der einzige Unterricht, seine Argumente wurden nicht nur eindrucksvoll vorgebracht, sie wurden auch durch Tatsachen gestützt und durch die Geschichte näher belegt.

Geralds Mutter war ein Halbblut gewesen, ihre Mutter war eine Indianerin, eine Navajo. Um Gottes willen, so schrie Gerald manchmal, schau dir an, wie sie die Indianer ausgeraubt haben und wie sie es geschafft haben, sich Gesetze zu geben, um ihre Diebereien zu rechtfertigen. Immer, wenn Gerald sich selbst auf das Thema der Navajos gebracht hatte, konnte er stundenlang so weiterreden.

Gerald sagte auch, daß es abgesehen von all den schmutzigen Geschäften, dem Gestank nach Lügen und dem Betrug, dem schlechten Geschmack von Duldung und Korruption für einen Menschen doch möglich war, in dieser Welt rechtschaffen zu sein. Vor sich selbst rechtschaffen zu sein, so sagte Gerald stets, war das einzige, das dem Leben wahre Bedeutung und echte Würde verlieh. Wenn ein Mann sich entschloß, ein Einbrecher zu sein, wenn er ein Einbrecher wurde und seine Einbrüche mit Geschick, Eleganz und Präzision ausführte und wenn er mit seiner Beute davonkam, dann war er für Gerald ein rechtschaffener Mann. Aber der Einbruch mußte korrekt ausgeführt werden, und den Risiken mußte man ruhig und mit starken Nerven gegenübertreten, und wenn Kameraden beteiligt waren, mußte man sie fair behandeln, und die Verhandlungen mit dem Hehler mußten anständige Verhandlungen sein. Es gab verschiedene Klassen von Einbrechern, genau wie es verschiedene Klassen von Bankiers, Schuhmachern und Ärzten gab. Es gab nicht einfach Einbrecher, sagte Gerald, und immer, wenn er das sagte, schlug er mit der Faust auf den Tisch oder in seine Handfläche. Es gab systematisch vorgehende Einbrecher und waghalsige Einbrecher und Einbrecher, die sich wie Schildkröten bewegten, und Einbrecher, die wie ein Speer heranschossen. Es gab vornehme und halb vornehme Einbrecher, und natürlich gab es die Hundesöhne, die niemals zufrieden waren, wenn sie nicht einen Totschläger, ein Messer oder eine Kugel einsetzen konnten. Aber das Wichtigste, so pflegte Gerald zu sagen, war die Notwendigkeit, ein guter Einbrecher zu sein, ein sauberer und präziser Arbeiter, rechtschaffen im Innern und, verdammt, eben ein rechtschaffener Einbrecher.

Diese große Sache, so Gerald, rechtschaffen zu sein, war das einzig Bedeutsame, denn wenn ein Mensch nicht rechtschaffen war, hatte es nicht viel Sinn weiterzuleben. Und wie die Dinge standen, bot das Leben wenig, außer einem gelegentlichen Aufwallen verschwenderischen Gefühls, das niemals lange währte, und solange es dauerte von dem bedrückenden Wissen begleitet wurde, daß es bald vergangen sein würde. In jenem Winter hatte Gerald eine Vorliebe für Austernsuppe, und immer wenn er sie aß, beklagte er sich darüber, daß der Teller bald leer sein würde und sein Magen zu voll, um noch einen Teller davon zu essen. All diese Dinge wie Austernsuppe, saubere Unterwäsche, frische Zigaretten, waren vergängliche Dinge, kleine, vorübergehende Freuden, begrenzte Dinge, unwichtige Dinge. Was zählte, was allein wirklich zählte, so Gerald, war, ob Dinge rechtschaffen waren.

Gerald pflegte auch stets herausfordernd und nachdrücklich zu behaupten, daß er selbst rechtschaffen war und immer gewesen war. Jedes Versprechen, das er gemacht hatte, hatte er gehalten, selbst wenn es ihn angewidert oder ihn in Gefahr gebracht hatte. Es hatte eine Nacht gegeben, wo er einem Mädchen versprochen hatte, sie zu heiraten. Einen Moment später hatte er gewußt, daß es ein Fehler sein würde, sie zu heiraten und überhaupt jemanden zu heiraten. Aber er hatte es versprochen. Er konnte sein Versprechen nicht brechen. Er heiratete das Mädchen und blieb mit ihr verheiratet, bis sie starb. Wenn er davon erzählte, schrie er und verfluchte sich selbst, aber am Ende beschrieb er sie jedesmal als eine wunderbare Frau, und es war eine Schande, daß sie sterben mußte. Außerdem, so sagte Gerald dann, wäre es vielleicht doch nicht so ein großer Fehler gewesen. Denn damit ein Mann vor sich selbst rechtschaffen war, mußte er ein bestimmtes Maß von Verantwortung und Pflichtgefühl übernehmen. Es war nur natürlich und richtig, daß sich dieses Pflichtgefühl auf eine Frau richtete.

Wenn er an diese Zeiten zurückdachte, als Gerald all diese Dinge gesagt hatte, hörte Harbin sie so deutlich, als würde Gerald genau in diesem Moment laut zu ihm sprechen. Der Kern all dessen war der Grundsatz, rechtschaffen zu sein. Gerald hatte ihm beigebracht, wie er eine Tür oder einen Tresor öffnen konnte oder wie er die Kombination eines Safes untersuchte oder wie er verschiedene Alarmanlagen umging, aber das Wichtigste, das Gerald ihm beigebracht hatte, war, rechtschaffen zu sein.

Darum auch war er, als er Gerald tot auf dem Pflaster liegen sah, automatisch zu Geralds Tochter gelaufen, und darum hatte er sich all die Jahre hindurch um Gladden gekümmert. Das war das einzige, was er tun konnte, denn es war rechtschaffen.

Vor ihm, nicht weit entfernt, erhob sich die dunkle Masse des Million-Dollar-Piers aus der See. Daneben erkannte Harbin die dunkle Leuchtreklame des Hotels, in dem Gladden abgestiegen war. Es war ein kleines Hotel, eingezwängt zwischen Läden und Apartments über den Läden, aber es strahlte eine gewisse Selbständigkeit aus, fast, als präsentierte es sich als eines der

Strandhotels, würdevoller und eleganter als die Hotels abseits der Promenade.

Als er hineinging, konnte er niemanden in der Halle entdecken. Er drückte auf die Klingel an der Rezeption, drückte sie wieder und wieder, mit Pausen mehr als eine Minute lang. Dann kam aus einem Nebenraum ein Portier mit einem müden, alten Gesicht, ein paar weißen Haaren hinten auf dem Kopf und mit müden, hängenden Schultern.

Automatisch sagte der alte Mann: »Wir haben keine Zimmer.« Dann begann er langsam aufzuwachen, als er hinter seinen Schalter trat. »Vielleicht«, sagte er, »haben wir doch ein Zimmer frei.«

»Ich will kein Zimmer.« Harbin war für einen Moment verwirrt, dann fiel es ihm wieder ein, der Name, den sie stets benutzte. »Ich suche Miß Green.«

»Niemand mit diesem Namen wohnt hier.« Der alte Mann machte Anstalten, hinter seinem Schalter hervorzutreten, und gähnte wieder.

»Warum rufen Sie Miß Green nicht an und gehen dann wieder schlafen?«

»Mann«, sagte der Alte. »Ich gehe jetzt sofort wieder schlafen, und ich rufe Miß Green nicht an, weil wir keine Miß Green haben.«

Der alte Mann steuerte auf den Nebenraum zu, als Harbin ihm in den Weg trat und ihm zwei Ein-Dollar-Scheine zeigte.

»Es ist doch furchtbar wichtig, daß ich Miß Green sehe.«

Der alte Mann schaute das Geld an. »Wie war der Name noch einmal?«

Harbin wiederholte und buchstabierte ihn.

»Ich glaube«, sagte der alte Mann, »wir haben vielleicht eine Miß Irma Green.« Dann hatte er die

Scheine und steckte sie in seine Westentasche. »Aber ich bin sicher, sie ist vor ein paar Tagen abgereist.«

»Lassen Sie uns sichergehen.«

Der alte Mann begann zum Schalter zurückzugehen, dann hielt er inne und gestikulierte mit seiner dünnen Hand. »Sie ist ein kleines, mageres Mädchen? Mit blonden Haaren?«

Harbin nickte.

Der alte Mann machte ein Gesicht, das wohl ein Lächeln sein sollte, aber es sah aus, als hätte er Schmerzen. »Miß Irma Green«, sagte er. »Ja, eine sehr nette junge Dame. Wirklich sehr nett.«

»Rufen Sie sie bitte für mich an, okay?«

Der alte Mann gähnte wieder. Er wandte sich um und blickte auf die Wanduhr über seinem Schalter. »Sie wissen«, sagte er, »das ist nicht die beste Stunde, um jemandem einen Besuch abzustatten.«

»Rufen Sie sie an.« Harbin deutete auf das Telefon. »Heben Sie nur den Hörer ab und wählen Sie ihr Zimmer an.«

»Wir haben bestimmte Regeln in unserem Haus.«

»Ich weiß. Sie haben Regeln, die einem Gast das Recht geben zu wissen, wann er einen Besucher hat.«

»Sagen Sie, Mann«, sagte der Alte. »Stehen Sie da und streiten mit mir?«

Seine Hand fuhr in seine Hosentasche, und Harbin holte noch mehr Geld hervor, nahm einen Fünf-Dollar-Schein und zeigte ihn dem alten Mann.

»Alles, was Sie tun sollen«, sagte er, »ist, mich durchzustellen, als wäre es ein Gespräch von außerhalb.«

Der alte Mann dachte einen Moment darüber nach. »Ich schätze, da ist nichts dabei.«

Harbin gab ihm das Geld und runzelte ein wenig die

Stirn, als er darauf wartete, daß die Verbindung zustande kam. Der alte Mann nickte in Richtung Telefon, und Harbin nahm den Hörer und hörte Gladdens Stimme.

Er sagte: »Ich rufe von ein paar Häuserblocks entfernt aus an. Ich bin in ein paar Minuten bei dir. Wie ist deine Zimmernummer?«

»302. Was ist los? Was ist passiert?«

»Wir sprechen darüber, wenn wir uns sehen.« Er hängte ein und wandte sich zu dem alten Mann um. »Ich möchte nur den Mann sehen, der bei ihr ist. Ich gebe Ihnen mein Wort darauf, daß es keine Schwierigkeiten geben wird. Ich werde nicht einmal mit ihm sprechen. Ich möchte nur sehen, wer es ist.« Er beobachtete genau, welche Wirkung seine Worte auf den alten Mann hatten. Als die gewünschte Wirkung eintrat, fuhr er fort: »Er wird mich nicht einmal bemerken. Ich bleibe in dem Nebenraum und lasse die Tür offenstehen. Er wird überhaupt nicht wissen, daß ich da bin.«

Der alte Mann war ein wenig verwirrt und besorgt. »Gut«, sagte er, »aber wir können uns nicht leisten, daß wir irgendwelche Streitigkeiten kriegen. Ein eifersüchtiger Ehemann kommt her, sucht nach seiner Frau und findet sie mit ihrem Liebhaber, und schon haben wir eine Schlägerei am Hals. Vielleicht sehen Sie ihn und verlieren die Beherrschung.«

Harbin lächelte. »Ich bin kein eifersüchtiger Ehemann. Ich bin nur ein Freund, der sich um ihr Wohlergehen sorgt.«

Er ging in den Nebenraum. Es war dunkel dort, und er öffnete die Tür gerade weit genug, um einen ausreichenden Blick in die Halle zu haben. Er stand ein Stück hinter der Tür; von da konnte er den alten Mann sehen, der sich unruhig in der Nähe seines Schalters zu schaffen machte. Eine Minute verging, dann noch eine, und Harbin schob sich eine Zigarette in den Mund und begann darauf herumzukauen. Er beobachtete den großen Zeiger der Wanduhr über dem Schalter. Dann hörte er das Geräusch des herabfahrenden Aufzugs, und er sah das Gesicht des alten Mannes, das sich ihm zuwandte, seine alten Augen voller Sorgen, die Brauen zusammengezogen. Er hörte, wie der Fahrstuhl zum Stillstand kam, dann die Schritte, und dann sah er den zweireihigen Anzug, das kräftige, blonde Haar, die hübschen Gesichtszüge und die aquamarinblauen Augen des jungen Polizisten, der durch sein Gesichtsfeld an der ein wenig geöffneten Tür vorüberging.

12

Er wartete in dem Nebenraum, unfähig, damit fertig zu werden. Nach dem ersten Moment des Erstaunens wußte er, daß es nichts half, wenn er darüber nachdachte. Es war etwas, das über das Denken hinausging. Er nahm kaum wahr, daß der alte Mann auf ihn zukam, mit ihm sprach, ihm sagte, daß er nun herauskommen könnte, daß der Mann das Hotel verlassen hatte, und es also in Ordnung wäre, wenn er herauskäme.

Als er aus dem Nebenraum in die Halle trat, hörte er den alten Mann sagen: »War es jemand, den Sie kennen?«

Harbin schüttelte den Kopf.

»Dann dürfte ja alles in Ordnung sein«, sagte der alte Mann.

»Sicher.« Harbin lächelte und schritt auf den Fahrstuhl zu.

»Nun bleiben Sie hier.« Der alte Mann trat schnell zwischen Harbin und den Fahrstuhl.

»Ich habe Ihnen versprochen, daß es keinen Ärger geben wird«, sagte Harbin. »Außerdem erwartet sie mich.«

Der alte Mann suchte nach irgendeinem Einwand, konnte aber keinen finden und machte eine resignierte Geste und wandte sich vom Fahrstuhl ab. Harbin trat in den Fahrstuhl und zündete seine Zigarette an. Er schloß die Fahrstuhltür und drückte auf den Knopf.

Als er Gladdens Zimmer betrat, als er sah, wie sie von der Tür zurückwich, war das erste, was er bemerkte, wie weiß ihr Gesicht war. Es war weiß wie Papier, und ihre gelben Augen waren ohne Glanz und zeigten eine sonderbare Müdigkeit. Er lächelte sie nicht an. Er wußte, er sollte sie zuallererst anlächeln, aber jetzt zu lächeln wäre genauso, als versuche er auf dem Wasser zu gehen.

»Pack deine Sachen«, sagte er. »Aber schnell!«

Sie rührte sich nicht. »Sag es mir.«

»Wir werden verfolgt.« Er wußte, es gab keine Möglichkeit, darum herumzureden. Ohne sie anzuschauen, sagte er: »Dohmer ist tot.« Er sagte ihr, was auf der Straße passiert war. Er sagte ihr, sie solle sich beeilen und anfangen, ihre Sachen zu packen.

Aber sie rührte sich nicht. Sie stand da und starrte an ihm vorbei auf die Tür. Er begann, ihre Kleider aus einem kleinen Wandschrank zu nehmen und sie auf das Bett zu werfen. Dann öffnete er die Schubladen der Kommode und stopfte alles in ihren Koffer.

Er hörte, wie sie sagte: »Ich kann nicht mit dir gehen.«

Daraufhin wandte er sich von dem Koffer ab. »Was ist los?«

»Ich habe jemanden kennengelernt.«

»Oh.« Er ging zu dem Koffer zurück, packte aber nicht weiter. Sie hatte ihm den Rücken zugewandt, er wollte unbedingt ihre Augen sehen. Er machte einen Schritt auf sie zu, dann beschloß er zu bleiben, wo er war, um es sie auf ihre Art erledigen zu lassen.

Eine lange Kette schweigsamer Momente endete, als sie sagte: »Ich will aussteigen, Nat. Von jetzt an will ich nichts mehr damit zu tun haben. Ich wollte immer aussteigen, aber du hast mich zurückgehalten.«

»Wie kommst du darauf?« fragte er. »Ich habe dir niemals befohlen, gegen deinen Willen dabeizubleiben.«

»Es war mein Wunsch zu bleiben«, sagte sie. »Wegen dir.« Nun drehte sie sich um und sah ihn an. »Ich wollte in deiner Nähe sein. Ich wollte dich haben, und ich wollte, daß du mich wolltest. Aber du wolltest mich nicht, du wolltest mich nie und wirst mich nie wollen. Ich habe eine furchtbare Zeit durchgemacht; es gab Nächte, wo ich mein Kissen mit den Zähnen zerrissen habe; so sehr sehnte ich mich nach dir, daß ich die Mauer einschlagen und in dein Zimmer brechen wollte. Du hast es gewußt, Nat. Sag mir nicht, daß du es nicht gewußt hast.«

Er hielt seine Hände hinter seinem Rücken und knackte mit den Fingerknöcheln.

Gladden sagte: »Okay, ich war also nie sonderlich klug. Aber ich brauchte auch nicht viel zu denken. Die Sache war, daß ich etwas durchmachte, was wir alle durchmachen. Ich wuchs heran. Du hast es nicht bemerkt, wie es geschah, aber es geschah. Ich wuchs heran, von einem kleinen Mädchen zu einer Frau, und ich wollte deine Frau sein. Aber was zum Teufel konnte ich tun? Ich konnte dir schlecht etwas auf den Kopf schlagen.«

»Vielleicht hättest du es versuchen sollen.« Er setzte sich auf die Bettkante. »Das kommt zu einer fabelhaften Zeit.«

Sie schritt auf ihn zu, streckte ihm ihre Hand entgegen, um ihn zu berühren, zog sie dann wieder zurück. »Du bist immer so gut zu mir gewesen, du hast dich um mich gekümmert, du bist alles für mich gewesen, außer das, was ich mir wirklich erhoffte. Das ist nicht dein Fehler. Es ist auch nicht meiner. Das ist eben eine unglückliche Lage der Dinge.«

Er lächelte schwach. »Unglücklich kann man es wirklich nennen.«

Sie bemerkte den sonderbaren Unterton in seiner Stimme. Sie sagte: »Ich hoffe, du wirfst mir das nicht vor.«

Er schaute zu ihr auf. »Wie heißt er?«

»Finley. Charles Finley.«

»Was macht er? Erzähl mir von ihm.«

»Er verkauft Autos. Verkäufer von Gebrauchtwagen in Philadelphia. Ich habe ihn am zweiten Tag getroffen, den ich hier war. Auf der Promenade. Wir sprachen miteinander, und es passierte dann ziemlich schnell. Ich schätze, ich war reif dafür, bereit, es zu tun, und er kam nur zur richtigen Zeit. In jener Nacht fuhr ich nach Philadelphia zurück, und sie sagten mir, daß du ausgestiegen wärest, dann kam ich hierher zurück und rief ihn an.«

»Du bist wirklich verliebt in ihn?«

»Er ist sehr charmant.«

»Das habe ich nicht gefragt.«

»Also gut«, sagte sie, »ich glaube, ich bin in ihn verliebt.«

Harbin stand auf. »Wann hast du ihn zuletzt gesehen?«

»Er war heute nacht hier. Er war hier, als du anriefst. Als du sagtest, du würdest kommen, habe ich ihm gesagt, er solle gehen, ich würde ihn gegen Mittag wiedersehen.« Sie seufzte schwer. »Bitte mich nicht, die Verabredung abzusagen. Ich will ihn wirklich sehen, ich will ihn immer wieder sehen. Ich will ihn nicht laufen lassen.« Sie ergriff Harbins Arm. »Ich werde ihn nicht laufen lassen; du kannst mich nicht dazu bringen.«

»Reg dich nicht auf«, sagte er sanft.

»Er schwärmt für mich«, sagte sie, »und wenn ich dir sagen würde, daß ich nicht froh darüber wäre, wäre ich eine schlechte Lügnerin. Ich will mein eigenes Leben führen, und du hast kein Recht, mich daran zu hindern.«

»Hör auf, an meinem Ärmel zu reißen.« Er blickte sie finster an.

Sie atmete schwer. Ihre Fingernägel drangen durch den Stoff seiner Jacke. Er drehte sich, ergriff ihre Handgelenke und drängte Gladden zurück. Sie stolperte, stieß gegen die Wand, blieb gegen die Wand gelehnt stehen, starrte ihn an und atmete in tiefen, heftigen Zügen.

Harbin schüttelte langsam den Kopf. Er schaute zu Boden. »Es ist ein Jammer. Es ist wirklich ein Jammer.«

»Nicht für mich.«

Er schaute sie an. »Gerade für dich.« Dann bedeutete er ihr, daß sie schweigen sollte, als sie den Mund öffnete, und er sagte: »Hör mir zu, Gladden, hör mir nur zu und versuche, es gelassen aufzunehmen. Du bist hereingelegt worden. Dieser Mann betrügt dich.«

»Nein.«

»Dieser Mann, ich sage es dir, hat ein krummes Ding vor.«

»Nein, bitte nicht.«

»Dieser Finley ist ein Polizist . . .«

»Nat, Nat«, unterbrach sie ihn flehend. »Ich habe dir gesagt, ich bin kein kleines Mädchen mehr. Ich bin erwachsen, ich kenne mich aus. Hör auf, mich für dumm zu verkaufen, okay?«

Plötzlich übermannte ihn eine gewaltige Müdigkeit, und er warf sich mit dem Rücken auf das Bett. Seine Arme fielen kraftlos herunter, lagen auf dem Bettlaken. »Wenn du versuchst, mir zuzuhören«, sagte er mit halbgeschlossenen Augen, »dann werde ich versuchen, es dir zu erklären. Dieser Finley ist einer der Polizisten, mit denen ich in jener Nacht gesprochen habe, als wir unseren Einbruch machten. Vor ein paar Minuten stand ich in einem Nebenraum der Halle, als er aus dem Fahrstuhl kam und herausging. Ich habe ihn erkannt.«

»Warum tust du das?« schrie sie. »Was versuchst du zu arrangieren?«

»Ich arrangiere überhaupt nichts. Finley tut das.« Ein Seufzer drang von seinen Lippen. »Daß er Polizist ist, hat keine Bedeutung. Das ist er nur noch, weil es ihm einige Annehmlichkeiten bringt. Auch du bedeutest ihm nichts. Er will nicht dich. Er will die Smaragde.«

Er bemerkte, daß sie ihn auf eine Art ansah, wie sie es noch niemals getan hatte. Er hörte sie sagen: »Warum lügst du mich an?«

»Habe ich dich jemals angelogen?«

»Nein«, sagte sie. »Warum lügst du mich also jetzt an?«

»Ich lüge dich nicht an. Und wenn du alles wissen willst, sage ich dir alles.«

Sie nickte zögernd, und er begann zu reden. Am Anfang war es leicht, aber als er zu Della kam, bereitete es ihm Schwierigkeiten, die Geschichte zu erzählen, alles zu erklären und weiterzuführen. Sie stand da und beobachtete ihn, als er sich damit abplagte, als er sich in das Haus auf dem Hügel zurückversetzte und an die Sache in Lancaster dachte, an den Weg durch den Wald zur Straße und an den Zug nach Philadelphia und wie er schließlich zur Black Horse Pike kam und zum Hier und Jetzt.

Er sagte: »Ich weiß genau, wie Finley die Sache plante, wie er sicherging, daß kein Haken dabei war. An dem Tag, als ich dich zum Zug brachte, folgte er uns. Ich weiß, daß er uns folgte. Er hatte schon das Haus ausgespäht, und nun beobachtete Della das Haus. Als du dann am Bahnhof in den Zug stiegst, stieg er auch ein. Als du hier in Atlantic City ankamst, blieb er dir auf den Fersen und beobachtete, wie du dich in diesem Hotel einquartiertest. Dann begann er sich an dich heranzumachen, so wie Della sich an mich heranmachte.«

Sie ging auf das Bett zu, setzte sich auf die Bettkante. Ihr Atem hatte sich ein wenig beruhigt. Sie sagte: »Einige Leute machen bei allem stets einen Umweg.«

»Finley macht keinen Umweg. Er hat die hunderttausend Dollar im Visier, die die Smaragde wert sind. Das ist alles. Aber das ist viel. Er plante die Sache so, daß sie langsam voranging, aber Schritt für Schritt. Erst stellte er den Kontakt her, dann schaltete er deine Wachsamkeit aus, so wie Della meine ausschaltete. Bei allem rechnete er mit ein, zwei oder drei Wochen oder vielleicht mit ein paar Monaten. Und selbst wenn es sechs Monate dauerte oder vielleicht noch länger, es ging schließlich um hunderttausend Dollar, und das wäre die Mühe und das Warten wert.«

Gladden starrte auf den Bettpfosten hinter Harbins Kopf. »Smaragde«, sagte sie. »Steine aus grünem Glas.«

Harbin richtete sich ein wenig auf. »Vergiß die Smaragde«, sagte er. »Das Wichtigste sind die drei toten Polizisten. Das ist eine neue Situation für uns.« Er richtete sich vollends auf und schwang die Beine über die Bettkante. »Das ist der Grund, warum du mit mir gehen mußt. Bleib bei mir. Du bist darin verwickelt, Gladden. Ich wünschte, du wärest es nicht, aber du bist es. Du, Baylock und ich. Wir drei sind in einer Lage, in der uns nur bleibt abzuhauen.«

»Sind sie uns so dicht auf den Fersen?«

»Ich weiß nicht, wie dicht sie uns auf den Fersen sind, aber ich weiß, daß wir hier nicht bleiben können, um es herauszufinden. Wenn wir jetzt abhauen, sind wir in der Lage, uns frei zu bewegen.«

Gladden war für eine Weile still. Dann sagte sie: »Ich habe geglaubt, ich wäre draußen. Es war ein wunderbares Gefühl, so als wäre ich furchtbare Kopfschmerzen losgeworden, die ich mein ganzes Leben lang hatte. Nun bin ich wieder drin. Und ich habe wieder Kopfschmerzen.« Sie stand auf, ging um das Bett herum zur Tür, sah die Tür an, als wäre sie eine Wand aus Eisen. Sie drehte sich um und kam auf ihn zu. »Du hast mich wieder in die Sache hineingezogen.«

»Die Umstände.«

»Nicht die Umstände.« Jede Spur von Vernunft war aus ihren Augen und ihrer Stimme verschwunden. »Nein, nicht die Umstände. Du, Nat. Du hältst mich diesmal in der Sache drin, wie du es immer getan hast. Ich sage dir etwas, ich will nichts mehr damit zu tun haben.« Ihr ganzer Körper bebte. »Ich will es nicht, ich wollte es nie, ich will aussteigen.« Sie kam nah an ihn heran. »Aussteigen, aussteigen!«

»Wenn du darüber nachdenkst«, sagte er, »wirst du es verstehen.«

Gladden sagte: »Es gibt nur einen Grund, warum du mich dir aufhalst. Es ist sicherer.«

Er konnte nichts entgegnen. Das, was auf ihn niederdrückte, war die ganze Last der Jahre, und ihre Stimme war eine Lanze, die ihn durchbohrte, die alles in ihm aufbrach und ihm zeigte, daß das Ganze nichts als ein furchtbarer Streich gewesen war, den er sich selbst gespielt hatte.

Aber er wußte, daß noch etwas kommen würde, und er wartete darauf, wie ein Mann, der auf Eisenbahnschienen gefesselt war, auf den Aufprall wartete. Er schaute sie an und sah, wie weiß ihr Gesicht war, sah den seltsamen Glanz in ihren gelben Augen.

Und dann kam es. »Du Scheißkerl«, sagte sie. »Du hast mir vorgegaukelt, du würdest auf mich aufpassen, dabei hast du nur auf dich selbst aufgepaßt. Du schmutziger, hinterhältiger Scheißkerl. Ich hasse dich wie die Pest.«

Er bewegte seinen Kopf, aber ihr Arm war schneller, ihre gespreizten Finger stießen nach seinem Gesicht, ihre Fingernägel zerkratzten seine Haut, und er spürte den Hieb, ein eisiges Brennen. Er sah, daß sie zurückwich, ihr Gesicht zu einer Grimasse verzerrt.

»Das ist deine Chance«, sagte sie. »Warum gehst du nicht auf Nummer Sicher? Tu, was du schon die ganze Zeit tun wolltest. Mich ein für allemal loswerden. Sichergehen, daß ich niemals reden kann und du niemals in Gefahr gerätst.« Sie deutete auf ihre Kehle. »Schau, wie leicht es gehen würde. Es kostet dich überhaupt keine Zeit.«

Die Tür schien sich auf ihn zuzubewegen. Als er sie öffnete und Gladden hinter ihm stand, wartete er und wußte nicht, worauf er wartete. Der Raum wurde so still wie ein Zimmer, in dem niemand sich aufhielt. Er öffnete die Tür ein Stück weiter, ging hinaus und schloß die Tür leise, als würde Gladden schlafen und als wollte er sie nicht aufwecken. Er ging den Flur hinunter auf den Fahrstuhl zu.

13

Baylock sah aus wie tot, nur daß er noch atmete, ein krankes, mühsames Atmen, seine Brust hob und senkte sich krampfartig. Sehr wenig Luft kam in den Raum. Harbin sah, daß er das Fenster ein Stück weiter öffnen konnte, aber er hatte weder die Lust noch die Kraft dazu. Er ließ sich auf das Bett neben Baylock fallen, und kurz bevor er die Augen schloß, sagte er sich, daß er wenigstens die Schuhe ausziehen sollte. Aber er schlief bereits ein, und sein letzter Gedanke war, daß er vergessen hatte, das Licht auszuschalten, und daß es brennen würde.

Fast sieben Stunden später weckte Baylock ihn. Er fragte Baylock, wie spät es war, und er sagte drei Uhr fünfzehn. Er rieb sich die Augen und sah einen dünnen Sonnenstrahl ins Zimmer scheinen, der sich an der Wand des Nachbarhauses vorbeigezwängt hatte.

»Ich wußte, daß sie nicht da sein würde«, sagte Baylock.

»Sie war da.«

»Warum hast du sie nicht hergebracht?«

»Sie wollte nicht mitkommen.«

»Was soll das schon wieder heißen?«

Harbin war aufgestanden und ging auf eine schäbige, abgeschlagene Waschschüssel zu. Er nahm etwas Wasser in den Mund, spülte damit den Mund, nahm mehr Wasser und schluckte es, dann wusch er sich das Gesicht und drehte sich um und sah Baylock an.

»Es wird dir gefallen«, sagte er. »Es ist genau das, was du gewollt hast.«

»Vielleicht wachst du erst richtig auf.« Nun ging

Baylock zur Waschschüssel. »Du bist ja noch ganz benebelt.«

»Ich bin völlig wach.« Harbin musterte Baylock an der Waschschüssel. »Du wolltest, daß sie aussteigt. Okay, nun ist sie draußen.«

Baylock runzelte die Stirn. »Wie kommt es?«

»Sie wollte es so.«

»Du hast ihr erzählt, was passiert ist?«

»Ich habe ihr alles erzählt.«

»Du hast ihr alles erzählt«, sagte Baylock, »und sie wollte nichts damit zu tun haben. Das ist gut. Das ist verdammt gut. Sie stellt fest, daß wir ziemlich in der Klemme sitzen und gesucht werden, und sie rückt mit der hochinteressanten Feststellung heraus, daß sie mit uns nichts mehr zu tun hat.«

Harbin steckte sich eine Zigarette an. »Ich könnte einen Kaffee gebrauchen.«

»Einfach so«, sagte Baylock, »und sie ist draußen.«

»Laß uns einen Kaffee trinken.«

Baylock rührte sich nicht. »Ich bin zu aufgewühlt, um einen Kaffee zu trinken. Ich bin zu sehr in Sorge.«

»Du weißt doch gar nicht, was Sorgen sind.« Harbin zwang sich zu einem Lächeln. »Hier, ich gebe dir einen Grund zu einer richtigen Sorge. Unser Freund ist mit Gladden in Verbindung getreten.«

»Unser Freund?« Baylock kapierte überhaupt nicht.

»Der Polizist.«

Baylock war weit davon entfernt, es zu kapieren.

Harbin sagte: »Sein Name ist Finley. Charles Finley. Er ist ihr bis hierher gefolgt, und es scheint, als wäre er die Seeluft und die Sonne, von der du gesprochen hast.«

Baylock reagierte wie ein Tier; er wandte sich zur Tür, änderte seine Meinung, ging auf die Koffer zu, änderte wieder seine Meinung und begann sich hierhin und dorthin zu wenden. Er wimmerte: »Ich habe es dir gleich gesagt. Erzähl mir nicht, ich hätte es dir nicht gesagt.«

»Also gut«, sagte Harbin. »Du hast es mir gleich gesagt. Du hattest recht, und ich hatte unrecht. Ist die Sache damit geklärt, oder willst du, daß ich noch anfange, mir meine Finger abzuhacken?«

»Wir sitzen in der Klemme. Jetzt dürfen wir uns nicht mehr vom Fleck rühren.«

»Warum nicht? Finley weiß nicht, daß wir hier sind.«

»Bist du sicher?« fragte Baylock. »Schau dir an, wie er es anstellt. Er ist ein Verfolgungskünstler. Das ist eine ganz besondere Begabung. Einer von einer Million hat sie. Wie ein Gedankenleser, einer, der sich auf Magie versteht. Lach nicht, ich sage dir, lach nicht.« Er sah, daß Harbin nicht lachte, und er fuhr fort: »Denn nach allem, was wir wissen, kann er uns längst entdeckt haben.«

»Ich würde nicht sagen, daß es ausgeschlossen ist.«

»Was tun wir deswegen?«

Harbin zuckte die Achseln. Er blickte zur Tür. Dann blickte er zum Fenster. Baylock folgte seinem Blick. Und dann schauten sie sich an.

»Der einzige Weg, es zu wissen«, sagte Harbin, »ist, es herauszufinden.« Er runzelte die Stirn und dachte darüber nach. »Finley könnte mich gestern nacht von ihrem Hotel verfolgt haben. Ich bezweifle das aber, und wenn ich nicht wüßte, was er bisher getrieben hat, würde ich tausend Dollar gegen einen Cent setzen, daß das unmöglich sein könnte.« Er rieb sich über das Kinn. »Alles, was ich sicher weiß, ist, daß ich einen Kaffee brauche. Während ich mir einen besorge, werde ich mich ein wenig umsehen. Du wartest hier.«

»Wie lange?«

»Ungefähr eine halbe Stunde.«

»Das wird länger dauern.«

»Das wird es nicht.«

»Aber angenommen, es dauert länger?«

»In diesem Fall«, sagte Harbin, »verschwindest du besser, und zwar schnell.«

»Mit den Smaragden?«

»Hör zu«, sagte Harbin. »Wenn du gehen würdest und ich hier warten würde, wenn du sagen würdest, du kämst in dreißig Minuten wieder und kämst dann nicht in dreißig Minuten wieder, würde ich durch das Fenster abhauen und die Smaragde nicht mitnehmen. Denn wenn ich auf die Straße käme, würde ich mich ziemlich beeilen.«

Baylock schüttelte langsam den Kopf. »Ich würde die Smaragde hier nicht zurücklassen. Du weißt, daß ich das nicht tun würde.«

Harbin zuckte die Achseln.

Baylock sagte: »Wenn du in dreißig Minuten nicht zurück bist, werde ich mich zu meiner Schwester nach Kansas City aufmachen. Du kennst die Adresse, und du weißt, wenn ich sage, ich fahre dorthin, dann fahre ich auch dorthin. Und wenn du es schaffst, auch dorthin zu kommen, wirst du mich dort mit den Smaragden finden.« Er preßte die Lippen aufeinander. »Wenn ich nicht geschnappt werde, bevor ich dort bin. Oder tot bin.«

Harbin sagte: »Soll ich dir einen Kaffee mitbringen? Oder etwas zu essen?«

»Bring dich selbst heil zurück.«

Harbin wandte sich zur Tür. Baylock bewegte sich schnell, in einer Art Wahn, er schob sich vor die Tür, um Harbin anzuschauen. Seine Augen zeigten Verwirrung.

Baylock sagte: »Ich will Klarheit über Gladden haben. Was machen wir mit ihr?«

»Nichts.«

»Was ist, wenn sie uns verrät?«

»Warum sollte sie das tun?« fragte Harbin.

»Weil sie ausgestiegen ist, deswegen. Wenn man ausgestiegen ist, ist man in der Position, etwas zu verraten. Ich sage dir, ich bin besorgt, und ich finde, wir sollten wegen Gladden etwas tun.«

»Tu etwas für mich«, sagte Harbin. »Erwähne ihren Namen nicht mehr.« Er öffnete seinen Mund, und ein sonderbares Schluchzen drang aus ihm, und er wandte schnell seinen Kopf ab, um sein Gesicht vor Baylock zu verbergen. Dann ballte er die Faust und schlug sie sich hart in die geöffnete Hand. Er warf Baylock einen raschen Blick zu und sah, daß Baylock ihn mitleidig ansah. Es drang in ihn wie das glühende Ende eines Schürhakens. Er riß die Tür auf, stürmte hindurch und hörte, wie sie krachend zuschlug. Er eilte durch den engen Korridor, erreichte die Treppen und sagte sich, daß er aufhören sollte zu hetzen. Es bestand keine Notwendigkeit zu hetzen. Er ging hinaus, um sich umzusehen und einen Kaffee zu trinken.

Unten konnte er spüren, wie die Mittagshitze ihm entgegenströmte. Es war wie Sirup. Sein Gesicht fühlte sich klebrig an und juckte ein wenig. Auf der Straße, als er langsam auf der Tennessee Avenue hinunterging, sah er das Zeichen eines Friseurs und beschloß, daß er eine Rasur vertragen könne.

Die Rasur tat ihm gut, und er fühlte sich munterer, als er von der Tennessee Avenue auf die Atlantic Avenue trat. Aber die Hitze war ziemlich schlimm, und die erfrischende Wirkung der Rasur verschwand bald, während er sich nach einem Restaurant umsah. Es waren nur sehr wenige Leute auf der Straße. Er sah einige Einwohner der Stadt über die Atlantic Avenue in Richtung Strand gehen. Sie wirkten mürrisch, verärgert über ihre Stadt, die sich von dieser feuchten Hitze besudeln ließ, und zornig über den Ozean, der nichts gegen die Hitze unternahm. Sie trugen Badekleidung und Sandalen; es ging ein Hauch von Opferbereitschaft von ihnen aus, wie sie zum Strand zogen, als wäre dieses Wetter zu dieser Jahreszeit ganz unangemessen für die Einwohner der Stadt. Für die Urlauber war es in Ordnung, denn für sie war alles in Ordnung, aber die Einwohner verdienten solch ein Wetter nicht; es war eine Schande.

Harbin blickte auf seine Armbanduhr. Acht Minuten. Er war seit acht Minuten draußen, zweiundzwanzig Minuten blieben noch. Das Zeichen eines Restaurants war auf der anderen Seite der Straße zu sehen. Er ging hinüber, trat ein, setzte sich an eine schmierige Theke und sagte der Kellnerin, daß er einen Kaffee wollte. Die Kellnerin machte eine Bemerkung darüber, wie heiß es heute für einen Kaffee wäre und ob er ihn vielleicht eisgekühlt wollte. Er sagte, er wollte keinen eisgekühlten Kaffee. Die Kellnerin sagte, er wäre gut mit Eis. Harbin erwiderte, er hätte niemals Kaffee mit Eis probiert und er würde es vorziehen, das Thema zu beenden. Die Kellnerin sagte, der Grund, warum die Welt so aussähe, wie sie aussähe, wäre der, daß man mit zu vielen Leuten nicht auskommen konnte. Sie gab ihm eine Tasse schwarzen Kaffee und stand da und beobachtete ihn, als er zu trinken begann. Sie war recht klein, sah nach einer Italienerin aus und wirkte ziemlich unruhig. Die fetten Arme unter ihren Ärmeln glänzten vor Schweiß. Harbin wandte seine Augen vom Kaffee und sah, daß sie ihn beobachtete. Er lächelte sie an. Sie wandte ihre Augen ab und blickte durch die offene Tür auf die gelbe, dampfende Straße. Sie gab einen Seufzer von sich, verschränkte die Arme und lehnte sich gegen die Theke.

Harbin blickte auf seine Armbanduhr und bestellte noch eine Tasse Kaffee. Sie gab sie ihm, und er steckte sich eine Zigarette an. Dann begann er an seinem Kaffee zu nippen und beobachtete sie, wie sie dastand und auf die Straße hinausblickte. Die Sonne schien herein und tauchte sie in einen gelben Glanz, so daß es aussah, als stände sie in einer großen Schüssel, die mit hellem gelben Sirup gefüllt war. Sie schob die Zunge heraus und leckte sich den Schweiß von der Lippe. Dann fuhr ein dunkler Streifen durch das gelbe Licht, so daß sie im Schatten stand. Der Schatten war jemand, der das Restaurant betrat. Das italienisch aussehende Mädchen bewegte sich von der Stelle, um den Kunden zu grüßen. Harbin senkte den Kopf über die Tasse, setzte an, um zu trinken, und fühlte, wie die Tasse in seiner Hand zitterte, als das Parfüm ihn traf. Denn er wußte, daß es Dellas Parfüm war.

14

Della setzte sich neben ihn an die Theke. Sie trug eine Bluse, die weiß war wie Elfenbein, und einen ebenso weißen Rock, aber noch bevor er sie angesehen hatte, wußte er, sie würde ganz kühl erscheinen. Ihr lohfarbenes Haar schimmerte sanft, ihr Gesicht wirkte gelassen und kühl, und ihre Stimme war kühl, als sie der Kellnerin sagte, sie solle ihr eine Orangeade machen.

Als Harbin sich umdrehte, um nach draußen zu sehen, entdeckte er den Pontiac auf der anderen Seite der

Atlantic Avenue. Seine Finger trommelten rhythmisch auf der Theke. »Du gehst unter Menschen.«

»Nur, wenn es notwendig ist.«

Er schaute sie an. »Was ist notwendig?«

»Hier zu sein«, sagte sie. »Mit dir.«

»Wenn ich mich nicht irre, dachte ich, die Sache wäre erledigt.«

»Du weißt, daß sie nicht erledigt ist.«

Della saß da und schaute ihre Orangeade an. Sie sagte: »Ich möchte, daß du etwas für mich tust. Ich möchte, daß du mir sehr genau zuhörst und versuchst zu glauben, was ich sage. Das ist eine Chance, von der du schon weißt, und wenn du nicht davon weißt, wirst du es jetzt hören. Wenn du dich weigerst, es zu glauben, kann ich nichts dagegen tun. Es gibt nur ein paar Dinge, bei denen ich nichts tun kann. Wie die Nacht zum Tag zu machen, oder den Regen zu stoppen, wenn es regnet.« Sie wandte sich ihm ganz zu.

Sie sagte: »Daß ich dich an jenem Abend in dem Restaurant traf, war kein Zufall. Das war geplant. Ein guter Plan, der mich auf dich ansetzte, um an die Smaragde zu kommen. Natürlich erinnerst du dich daran, was in der Nacht geschah, als ihr euren Einbruch machtet. Du erinnerst dich an das Gespräch mit den beiden Polizisten vor der Villa?«

Harbin nickte. Er nahm einen Zahnstocher aus einem Glasständer, brach ihn entzwei und begann, mit ihm herumzuspielen.

»Einer von ihnen«, sagte Della, »war ein ziemlich junger Mann. Anfang Dreißig. Ich möchte dir von ihm erzählen. Wenn er ein ordentlicher Polizist ist, lautet sein Name Charley Hacket. Wenn er auf eigene Rechnung arbeitet, nennt er sich Charley Finley.« Sie hob ihr Glas Orangeade, schaute es an, als gefiele ihr die Farbe, und stellte es wieder zurück. »Dieser Charley ist hinter den Smaragden her. Meistens arbeitet er als Erpresser, und für gewöhnlich ist er mit einem Anteil zufrieden. Ich weiß das, weil ich weiß, wie er arbeitet. Ich habe seit etwas mehr als einem Jahr mit ihm zusammengearbeitet. Aber diesmal hat er nur die lohnende Beute im Auge und will alles.«

Harbin wandte seinen Blick von dem zerbrochenen Zahnstocher ab und schaute sie an. Er sah Della und nichts als Della. Nicht die drohende Gefahr. Nicht die Gegnerin im Wald. Nur Della.

»Dieser Charley Hacket«, sagte sie, »ist nicht ganz bei Verstand. Als ich ihn zum ersten Mal traf, sah ich das sofort. Aber dann bemerkte ich auch, daß er gut aussah und charmant war. Und es gab noch etwas, das ich in ihm vermutete, und als ich erkannte, daß es gar nicht da war, versuchte ich weiter zu glauben, daß er es doch hatte. Als er mich bat, bei diesen krummen Dingern mit ihm zusammenzuarbeiten, tat ich es nur, weil es bedeutete, daß wir zusammen waren. Ich brauchte das Geld nicht. Und bestimmt bin ich auch keine Geisteskranke, die es wegen der Aufregung tat. Ich tat es, weil ich so mit ihm zusammensein konnte, und ich hatte mir eingeredet, daß ich mit ihm zusammensein mußte. Der Abend, an dem ich meine Meinung änderte, war der Abend, an dem ich dich traf.«

Harbin nahm einen anderen Zahnstocher aus dem Ständer und zerbrach ihn. Er legte ein Teil rechtwinklig zu dem anderen, und dann drehte er sie herum. Dann schob er die beiden kleinen Holzstücke zur Seite. »Warum hast du bis jetzt gewartet? Warum hast du mir das nicht vorher erzählt?«

»Ich hatte Angst«, sagte sie. »Ich wollte, daß nur du und ich da waren, keine Smaragde, kein Charley, keine

Geschäfte und Abmachungen, nur du und ich. Ich versuchte darüber nachzudenken und einen Ausweg zu finden, wie ich von Charley wegkäme und die Sache beendete, so daß nur noch du und ich da sein würden. Doch dazu brauchte ich Zeit. Ich wollte es dir sagen, wollte es dir unbedingt sagen, aber ich hatte furchtbare Angst, dich zu verlieren.«

»Keine Angst vor Hacket?«

»Nein.« Sie zuckte leicht mit den Schultern. »Ich weiß, wie es mit Hacket steht. Ich weiß, daß ich ihm mehr bedeute als die Smaragde. Ich bin seine größte Schwäche, ich bin ihm mehr wert als sein Leben. Also was? Wenn er entdecken würde, was ich für dich empfinde, würde er mich wahrscheinlich töten. Oder uns beide. Aber das habe ich niemals wirklich gefürchtet. Ich hatte nur Angst, dich zu verlieren. Letzte Nacht in dem Wald, als du weggingst, hatte ich die Absicht, mich umzubringen; der Gedanke erschien tatsächlich verführerisch.«

Sie nahm ihr Glas Orangeade und trank einen Schluck. Sie schien es zu kosten und trank dann noch etwas. »Ich habe viel darüber nachgedacht, und ich weiß ganz sicher, daß das Leben nur lebenswert ist, wenn man eine Chance hat, das zu bekommen, was man haben will. Ich sagte mir selbst, wenn ich dich nicht haben könnte, hätte es keinen Wert mehr weiterzuleben. Die ganze Nacht dachte ich darüber nach, und noch am Morgen verfing ich mich in solchen Gedanken, als das Telefon klingelte. Es war Hacket, der von hier anrief und mir sagte, daß du hier wärest, und der wissen wollte, was schiefgegangen war. Ich sagte ihm, daß ich das nicht wüßte, du wärest einfach gegangen, ohne mir einen Grund zu nennen. Hacket sagte, ich sollte mir darüber keine Gedanken machen. Er sagte, es würde so viel besser funktionieren . . .« Sie runzelte die Stirn ein wenig. »Ich kann keine Reaktion erkennen. Ich dachte, du würdest irgendwie reagieren, wenn ich dir sagte, Hacket wäre hier in der Stadt.«

Er lächelte sie an. »Das meiste, was du mir erzählt hast, weiß ich bereits. Ich weiß, daß er hierherkam, um sich an Gladden heranzumachen.«

Sie saß da und starrte ihn an. »Wie hast du das herausgefunden? Was hat dich auf diese Spur gebracht?«

»Du hast es getan. Ich werde es dir erzählen, wenn wir alt und grau sind. Vielleicht früher.« Er spielte wieder mit den Zahnstochern. »Was hat Hacket am Telefon gesagt?«

»Er hat sich unentwegt selbst gratuliert, sagte mir, wie clever er es angestellt hätte, als du zu ihrem Zimmer im Hotel gingst, wie er in einem Hauseingang oder sonstwo gewartet hatte, bis du wieder auf die Promenade herausgekommen warst, und wie er dir zu dieser Bruchbude in der Nähe der Tennessee Avenue gefolgt war.«

Harbin schaute Della an, dann die Zahnstocher, dann wieder Della.

Della sagte: »Ich habe ihm gesagt, daß ich nach Atlantic City kommen würde. Nein, sagte er, er könnte damit allein fertig werden. Ich sagte ihm, er sollte nichts überstürzen, ich würde kommen, und wir würden darüber sprechen. Er sagte, er würde in seinem Wagen in der Tennessee Avenue sitzen und dein Hotel im Auge behalten. Ich traf ihn da und sagte ihm, ich würde die Sache übernehmen. Ich sagte, er sähe erschöpft aus und es wäre das beste, wenn er zurück in sein Zimmer ginge und ein wenig schliefe. Wir stritten eine Weile darüber, schließlich willigte er ein. Ich parkte meinen Wagen auf der Tennessee Avenue, wartete, und dann sah ich dich aus der Seitenstraße kommen. Ich hätte dich auf der

Stelle angesprochen, aber dann sah ich, daß du zu einem Friseur gingst, und ich wußte, bei einem Friseur würden wir nicht sprechen können. Also wartete ich. Als du herauskamst, folgte ich dir. Und jetzt bin ich hier, hier bei dir, und ich möchte bei dir bleiben, mit dir gehen . . .«

»Wohin?«

»Zu unserem Haus.«

Sein Kopf senkte sich, dann hob er sich, dann senkte er sich wieder. Er nickte. Dann zitterte er plötzlich, so, als versuchte er sich selbst aus einer Art Trance zu reißen. Er hatte einen Geschmack von Metall in seinem Mund, zitterte wieder und sagte: »Darüber muß ich nachdenken.«

»Dann laß uns darüber nachdenken.«

»Es gibt immer noch Hacket.«

»Den werden wir beseitigen.«

Harbin lehnte seine Ellbogen auf den Tresen. »Ich schätze, es gibt keine andere Möglichkeit, um damit klarzukommen.«

»Nein«, sagte Della. »Das muß getan werden.« Sie nahm einen Schluck Orangeade. »Noch etwas?«

Er schaute sie an. Er sagte nichts.

Sie sagte: »Du denkst an Gladden.«

Er wandte seine Augen ab. Er sagte nichts. Sie sagte: »Tu mir einen Gefallen. Hör auf, an Gladden zu denken.«

Er war schwierig, aber er schaffte es für sie. Er arbeitete daran, arbeitete in seinem Kopf, als wenn er sich mit seinen Schultern gegen eine Mauer stemmte. Er spürte den Widerstand, doch plötzlich verschwand er, aber da war etwas anderes, und er sagte: »Da ist noch etwas anderes.«

»Okay, wir werden damit fertig. Was ist es?«

»Eine neue Situation. Vielleicht hast du es in den Zeitungen gelesen, vielleicht nicht.« Er seufzte. »Letzte Nacht gab es ziemlichen Ärger auf der Black Horse Pike.«

Er erzählte ihr von den drei Polizisten, die von Kugeln getroffen auf der Pike gestorben waren, erzählte auch, wie Dohmer umgekommen war und was mit Baylock geschehen war; er erzählte von Baylocks Furcht und Sorge, von seiner fehlenden Selbstkontrolle, von Baylocks Nervosität und daß er mehr oder minder bewegungsunfähig sei. Dann sagte Harbin: »Ich kann Baylock nicht zurücklassen, ohne mit ihm darüber zu reden.«

»Wozu soll das gut sein?«

»Er braucht Sicherheit. Er braucht Anweisungen. Ich kann nicht mit dem Gefühl weggehen, daß ich ihn im Stich gelassen habe. Ich muß zu unserem Hotelzimmer zurückkehren und mit ihm reden.«

»Er wird mit dir herumstreiten.«

»Ich werde mit ihm fertig.«

»Er wird sich aufregen. Vielleicht wirst du Ärger kriegen.«

»Es wird keinen Ärger geben.«

»Er wird denken, daß du ihn hereinlegen willst.«

»Er wird keinen Grund haben, das zu denken«, sagte Harbin. »Ich lasse ihm alle Smaragde. Dann sage ich ihm Lebwohl und komme hierher zurück, zu dir. Wir steigen ins Auto und fahren weg. Wir fahren zu dem Haus auf dem Hügel, und wir bleiben dort zusammen. Ich weiß ganz sicher, daß es genau so sein wird. Nichts kann die Sache zwischen dir und mir zerstören. Nichts. Genauso sollte es kommen. Es gibt nichts hier, dem wir nicht entgehen können. Als ich dich letzte Nacht in dem Wald zurückließ, warst du eine andere und ich war ein anderer. Aber letzte Nacht ist lange her.«

Er legte eine Münze auf den Tisch und stand auf. Er

lächelte sie an, und er sah, daß sie zurücklächelte, und er wollte nicht gehen, auch wenn es für ihn klar war, daß er in ein paar Minuten zurückkehren würde. Dann wies Della mit dem Kopf in Richtung Tür; ihre Augen sagten ihm, er solle gehen und schnell zurückkommen. Er verließ das Restaurant, überquerte die Atlantic Avenue und lief eilig auf die Tennessee Avenue zu. Er erreichte die Tennessee Avenue und ging noch schneller, während er sich der engen Seitenstraße näherte. Als er das Hotel betrat, fühlte er sich leicht, sein Kopf war klar.

In dem Korridor in der ersten Etage war die Hitze dunkel und schwer und trug den Verfall jener Menschen, die in diesen Räumen lebten. Harbin kam zur Tür und öffnete sie. Das erste, was er sah, waren zwei Koffer, die geöffnet waren und deren Inhalt durcheinandergeworfen war. Der dritte Koffer, derjenige, der die Smaragde enthielt, war geschlossen. Dann bemerkte er Baylock. Er lag auf dem Boden, die Knie gekrümmt, ein Arm über den Augen, den anderen starr hinter sich. Baylocks Augen waren geweitet, seine Pupillen versuchten, in seinem Kopf zu verschwinden. Das Blut aus seinem zertrümmerten Schädel war hell und lief in einem breiten Strom bis zu seiner Schulter, wurde dann zu einem rot glänzenden Band, als es bis zu seinem Ellbogen rann. Baylock war so gut wie tot, und während Harbin dastand und ihn ansah, versuchte er den Mund zu öffnen, um etwas zu sagen. Das war alles, was Baylock tun konnte, und dann, als er den Mund weit geöffnet hatte, sank sein Kopf zurück, und er starb.

15

Harbin gestattete es sich, seinen Kopf langsam abzuwenden und blickte zu dem ungeöffneten Koffer. Der Koffer sagte ihm, was er wissen mußte, aber die Sache war, daß er zwar zu einem Schluß kam, aber nicht fähig war, etwas zu tun. Er würde nicht genügend Zeit haben, um zur Tür zu kommen, und es mit dem Fenster zu versuchen, wäre töricht. Die Tür des Wandschranks, die ein Stück offen gestanden hatte, öffnete sich jetzt ganz, und Charley Hacket kam mit einem Revolver heraus. Der Griff, der Baylocks Kopf zertrümmert hatte, war voller Blut.

»Um Gottes willen«, sagte Harbin, »gebrauchen Sie das Ding nicht. Behalten Sie die Ruhe. Was immer Sie tun, behalten Sie die Ruhe.«

»Halt's Maul!« Hackets Stimme war wie glatte Kieselsteine auf Samt. »Leg dich aufs Bett. Mit dem Gesicht nach unten.«

Harbin legte sich auf das Bett und drückte sein Gesicht in das Kissen. Er sah vor sich, wie er ein Ding verpaßt bekam, das auch Baylock bekommen hatte. Seine Lippen bewegten sich gegen das Kissen. »Damit werden Sie nichts erreichen.«

»Hör auf zu feilschen«, sagte Hacket, »wenn du nichts zu verkaufen hast.«

Harbin dachte an den ungeöffneten Koffer, den Koffer, den Hacket gerade hatte öffnen wollen, als die Schritte im Korridor ihn in den Wandschrank klettern ließen. Er fragte sich, was Hacket jetzt tat. Er fragte sich, ob Hacket sich den Koffer ansah.

»Wo sind die Smaragde?«

Hysterie klang plötzlich in Hackets Stimme, und Harbin griff zu, als wäre da ein Seil, das in einer Wüste aus Treibsand auf ihn fiel.

Harbin sagte: »Es muß ein Geschäft sein.«

»Du bist nicht in der Position, um über Geschäfte zu reden.«

»Sie wollen die Smaragde?«

»Sofort.«

»Das ist ein Befehl, den ich nicht erfüllen kann«, sagte Harbin. »Ich kann keine Smaragde für Sie machen. Alles, was ich tun kann, ist, Sie dorthin zu führen, wo Sie die Beute finden werden.«

Stille trat ein. Dann befahl ihm Hacket, sich herumzudrehen.

Harbin drehte sich herum, und Hacket sagte: »Was ich an dir nicht mag, ist, daß du zuviel Angst hast.«

»Sicher.« Harbin deutete mit dem Kopf auf die Waffe. »Wovor sollte ich schließlich auch Angst haben?« Er wies auf den Revolver. »Seien Sie nur vernünftig, Charley. Das ist alles, worum ich Sie bitte. Seien Sie vernünftig.«

»Okay, ich werde vernünftig sein. Ich werde eine vernünftige Frage stellen. Wo sind die Smaragde?«

»Wenn ich es Ihnen sage, töten Sie mich trotzdem«, sagte Harbin. »Doch selbst dann haben Sie keine Garantie, daß ich die Wahrheit gesagt habe.«

»So kommen wir nicht weiter.«

»Seien Sie klug, Charley. Ich muß Ihnen keine Pläne machen. Sie wissen, wie man Pläne macht.«

»Worauf willst du hinaus?«

»Auf nichts, Charley. Ich versuche nur, ein paar Dinge zusammenzuzählen. Da sind Sie, da bin ich, da sind die Smaragde. Und . . .«

»Und das ist alles.«

»Das ist nicht alles.« Harbin sagte es langsam und mit starker Betonung. Er wartete.

Er sah die Hysterie in Hackets Augen und das leichte Beben seiner Unterlippe. Er wußte, daß er es auf diese Hysterie ankommen lassen mußte, aber nicht zu lange, denn genau diese Hysterie hatte Hacket dazu gebracht zu töten. Es war diese hysterische Ungeduld, die Hacket in diesen Raum geführt hatte, und eine zwanghafte Bewegung, die Hackets Arm dazu gebracht hatte, den Griff des Revolvers auf Baylocks Schädel zu schlagen. Harbin sagte sich, daß er es mit einer bestimmten Art von abnormer Persönlichkeit zu tun hatte und daß jeden Moment die Waffe losgehen konnte.

Er hörte Hacket sagen: »Was gibt es sonst noch?«

»Das Mädchen.«

»Das Mädchen«, sagte Hacket, »ist nirgendwo, ist nichts. Du kannst mir nichts von dem Mädchen erzählen.« Dann bewegten sich seine Mundwinkel ein wenig, seine Zähne funkelten auf, und es war fast so etwas wie ein Lachen. »Du kennst sie schon seit Jahren und ich erst seit ein paar Tagen. Aber ich glaube, ich kenne sie besser als du.«

»Sie kennen noch nicht einmal ihren richtigen Namen.« Harbin setzte sich ganz auf. »Sie heißt nicht Irma Green. Sie heißt Gladden. Wenn Sie nun alles wissen wollen, sage ich Ihnen alles.« Ohne auf eine Antwort zu warten, fuhr er fort. »Sie werden hereingelegt, Charley. Sie hat sie in die Falle gelockt. Sie begannen das Spiel, aber dann wurde es nach ihren Regeln gespielt. Sie gerieten in ein hastiges Getriebe, und seien Sie nicht so überrascht, wenn ich Ihnen sage, daß sie Sie am Boden hat, daß Sie in ihrer Hand sind und daß sie mit Ihnen tun kann, was immer sie mit Ihnen tun will.«

Hackets Mundwinkel verzogen sich. »Sie weiß überhaupt nichts.«

»Alles.«

»Was zum Beispiel.«

»Ihre Identität.«

»Mein Aussehen?« Hacket kicherte einen Moment. »Was bedeutet schon das Aussehen?«

»Ich meine nicht Ihr Aussehen, Charley. Ich meine Ihren Namen. Nicht den Namen, den Sie ihr genannt haben, nicht Charley Finley. Ich meine den anderen Namen, den richtigen Namen, den Namen, den sie nicht kennen soll. Aber sie hat ihn herausgefunden.«

Hacket startete ihn an. »Du bist ein Lügner.«

»Manchmal«, gab Harbin zu. »Aber nicht jetzt. Ich sage Ihnen, Gladden hat Ihren Namen herausgefunden. Fragen Sie mich nicht, wie. Ich habe niemals begriffen, wie sie arbeitet. Ich weiß nur, daß sie demjenigen hundert Schritte vorausdenkt, mit dem sie sich einläßt. Das gilt für mich genauso wie für Sie.«

Hacket griff sich mit einer Hand an den Hinterkopf und strich sich über das Haar. »Was hat sie gesagt, wie lautet mein Name?«

»Hacket.«

Hacket sagte schnell und laut: »Wie hat sie das herausgefunden? Sag mir, wie hat sie das herausgefunden?«

»Ich habe sie das auch gefragt, und sie hat mir gesagt, ich solle ihr ein Glas Wasser holen. Also ging ich und holte ihr ein Glas Wasser. Sehen Sie, Charley, ich arbeite für sie. Sie ist die Hauptperson. Sie gibt die Anweisungen. Sie ist für alles verantwortlich. Sie verstehen, was ich damit sagen will?«

»Sag es, verdammt noch mal. Rede weiter und sag es.«

»Gladden hat die Smaragde.«

Das Gesicht hinter der Waffe verwandelte sich zu hartem Wachs, wurde bleicher und bleicher, während die Lippen starr wurden. Die aquamarinblauen Augen sahen auf die Waffe hinunter und dann zu Harbin. Die Augen jagten Harbin Angst ein, und er fragte sich, wie lange er noch am Leben sein würde. Er wußte, daß seine Chancen so standen, daß er in weniger als einer Minute tot sein konnte. Er begriff, daß er es versucht hatte und daß er es gut gemacht hatte, so gut, wie man es eben machen konnte. Aber die eine Sache, mit der er nicht fertig werden konnte, war die Tatsache, daß Hacket hysterisch war und in der Stimmung zu töten. Harbin fragte sich, ob es noch etwas gab, das er sagen konnte.

Er sagte: »Keiner von uns möchte sterben.«

»Ich habe den Revolver.«

»Der Revolver«, sagte Harbin, »ist eine unwichtige Sache. Ich spreche nicht von dem Revolver. Ich spreche von der Anklage.« Er deutete auf Baylock am Boden. »Das ist etwas.« Er sagte es, als wäre es vergleichsweise unbedeutend, und dann offenbarte er seine größte Sorge. »Vielleicht haben Sie die Zeitungen heute gelesen.«

»Nein.«

»Letzte Nacht auf der Black Horse Pike. Alles, was sie taten, war, uns wegen zu schnellem Fahren anzuhalten. Drei Polizisten in einem Streifenwagen. Einer von ihnen sah einen von uns mit einer Kanone. Damit fing es an. Als es aufhörte, waren sie alle tot und einer von uns.« Wieder deutete er auf die Leiche am Boden. »Und nun das. Glauben Sie nicht, daß das genug Kummer macht?«

»Ich will die Smaragde.«

»So heiß, wie sie sind?«

»Ich will sie haben.«

»Soweit es mich angeht, können Sie sie haben.«

»Ich glaube dir nicht.« Hacket zielte mit dem Revolver auf Harbins Magen. »Du willst sie immer noch, nicht wahr?« Er fletschte die Zähne. »Nicht wahr?«

»Nein«, sagte Harbin. Er wollte es noch einmal sagen, wollte ihn anflehen, obwohl er wußte, daß es nichts nützte, ihn anzuflehen. Doch dann hörte er das Geräusch draußen auf dem Flur, in der Nähe der Tür. Er sah, daß Hacket den Kopf umwandte, und wußte, auch Hacket hatte es gehört.

Das Geräusch erklang direkt vor der Tür, und dann klopfte es gegen die Tür. Und dann hörten sie beide ihre Stimme. Hacket öffnete die Tür, während er den Revolver auf Harbin gerichtet hielt.

Als Della hereinkam, waren ihre Augen auf das Rot auf dem Boden gerichtet und auf Baylocks totes Gesicht neben dem glänzenden Rot. Hastig wandte sie sich um. Sie wartete, bis Hacket die Tür geschlossen hatte, und dann starrte sie ihn an. Ihre Stimme war leise und bebte ein wenig. »Was bist du? Ein Verrückter?«

Hacket stand da und schaute zur Tür. »Ich konnte nicht anders.«

»Also bist du ein Verrückter.« Della blickte Harbin flüchtig an. Ihr Kopf bewegte sich ganz langsam, ihre Augen wandten sich wieder Hacket zu. »Ich habe dir gesagt, du sollst in deinem Zimmer warten.«

Hacket kniff ein paarmal die Augen zusammen. »Ich habe zu lange gewartet. Ich war es satt zu warten.«

»Ich habe dich satt.« Della zeigte auf die Leiche. »Guck dir das an! Guck es dir an!«

»Hör auf, mich zu quälen.« Hacket kniff wieder ein paarmal die Augen zusammen. »Ich habe genug Qualen.« Plötzlich sah er sie stirnrunzelnd an. »Was hat dich dazugebracht herzukommen?«

»Ich habe in deinem Zimmer angerufen.« Nun lag kein

Beben mehr in ihrer Stimme. »Aber niemand antwortete.« Ihre Augen wanderten wieder zu Baylock am Boden. Sie schritt sonderbarerweise auf die Leiche zu, und plötzlich wirbelte sie herum und stürzte auf Hacket zu und schrie: »Was in Gottes Namen ist mit dir los?«

»Ich wollte die Sache endlich beenden.«

»Das ist eine wunderbare Art, es zu beenden.«

»Du machst dir Sorgen?«

»Klar mache ich mir Sorgen!«

»Hör auf, dir Sorgen zu machen.« Plötzlich grinste Hacket. Er schien über irgend etwas sehr erfreut zu sein. »Ich bin froh, daß du da bist. Es war gut, daß du herkamst. Du hättest zu keiner besseren Zeit kommen können. Das ist eines der schönen Dinge an dir, Della. Du weißt immer, wann du kommen mußt.« Als er wieder schwieg, warf er Harbin ein Lächeln zu. »Bedank dich bei der Lady«, sagte er Harbin. »Wenn sie nicht gekommen wäre, wärst du jetzt tot.«

»Ich weiß.« Harbin nickte ernst. Er blickte Della an, sein Gesicht war völlig ausdruckslos. »Vielen Dank.«

Hacket lächelte immer noch. Er machte eine Bewegung mit dem Revolver. »Sag es noch einmal.«

»Vielen Dank, Lady. Haben Sie vielen Dank.«

»Jetzt sag es noch einmal . . .« Hacket begann zu lachen. Er warf seinen Kopf zurück, und sein Körper bebte vor Lachen. Es war ein krankhaftes Lachen, und es wurde immer lauter. Della wartete einen Moment, dann trat sie dicht an Hacket heran und schlug ihm mit dem Handrücken ins Gesicht. Er lachte weiter, und Della schlug ihn wieder. Während sie ihn schlug, waren seine Augen weit offen, und er zielte mit dem Revolver auf Harbin.

Della schlug Hacket hart ins Gesicht, und allmählich verebbte das Lachen. Hacket kniff die Augen einige Male zusammen. Er begann langsam den Kopf zu schütteln, als versuchte er, sich selbst zu verstehen, und schaffte es nicht. Nach einem Moment blickte er Della flehend an. Er stand da und wartete, daß sie etwas sagte. Als sie nichts sagte, zwang Hacket sich, aus den Tiefen seines Selbst hervorzukommen. Es zeigte sich daran, wie er seine Brust vorschob, das Kinn hob und seine Beine fest auf den Boden setzte. Ein Glanz trat in seine aquamarinblauen Augen, ein Glanz, der verriet, daß er aus den Tiefen an der Oberfläche angekommen war. Harbin begriff, daß Hacket versuchte, wieder seine Fassung zu gewinnen. Er schien zu glauben, daß ihm das vollständig gelingen könnte.

Hackets Tonfall war im Einklang mit der Art, wie er dastand. »Das Mädchen heißt Gladden. Ich statte ihr jetzt einen Besuch ab. Wenn ich hineingehe, nenne ich sie Irma, Irma Green. Und wenn ich rausgehe, habe ich die Smaragde.« Er blickte Della an. »Wenn ich hierher zurückkomme, habe ich die Smaragde, und du wartest hier auf mich.« Er warf Harbin einen Blick zu. »Du bleibst auch hier, und wenn ich die Smaragde habe und vielleicht in guter Stimmung bin, lasse ich dich hier vielleicht lebend herausgehen. Aber denk daran, ich sage vielleicht, ich garatiere für nichts.«

Harbin dachte an Gladden. Er versuchte sich krampfhaft einzureden, daß Hacket Gladden nicht töten würde. Er hörte Hacket mit Della sprechen, aber die Worte bedeuteten nichts, die Worte waren verschwommene Symbole, sie wurden verdeckt von der Erkenntnis, daß er sein Leben auf Gladdens Kosten rettete. Um nicht zu sterben, hatte er beschlossen, etwas zu benutzen, und er hatte Gladden benutzt. Er sah, wie Gladden starb. Er sah, wie Gladden tot dalag. Er schloß die Augen und sah und fühlte es. Dann öffnete er die Augen wieder und schaute Della an. Er sagte sich, daß alles in Ordnung käme. Bald wäre er allein mit Della im Zimmer. Zusammen würden sie wissen, wie sie vorgehen mußten. Sie würden einen Plan finden, wie sie zu Gladden kämen, bevor Hacket bei ihr wäre. Sie würden es schaffen. Er sagte sich selbst, daß er sicher war, alles würde in Ordnung kommen.

Er hob den Kopf und schaute Della an. Sie sah sehr nachdenklich aus. Dann kam ein anderer Ausdruck in ihr Gesicht, als Hacket ihr seinen Revolver reichte. Hacket wandte sich zur Tür. Della stand reglos mit der Waffe in der Hand da, zeigte Harbin die Waffe, zeigte ihm ihr Gesicht, auf dem ein rätselhafter Ausdruck lag, ein Ausdruck, wie er ihn noch nie zuvor auf ihrem Gesicht gesehen hatte. Dann war Hacket an der Tür. Der sonderbare Ausdruck blieb auf Dellas Gesicht. Harbin begann sich Sorgen zu machen. Er hörte, wie Hacket die Tür öffnete.

Er hörte Hacket sagen: »Es wird nicht lange dauern. Halt ihn in Schach, bis ich zurückkomme.«

Er öffnete die Tür und ging hinaus.

16

Harbin starrte auf die geschlossene Tür und hörte, wie die Schritte den Korridor hinuntergingen, dann die Treppe und wie sie dann verklangen. Sein Kopf deutete auf den Revolver in Dellas Hand.

Es war an der Zeit für sie, die Waffe beiseite zu legen. Der Revolver blieb in ihrer Hand. Der sonderbare

Ausdruck blieb auf ihrem Gesicht. Seine Augen fragten sie, warum sie die Waffe auf ihn richtete, und ihre Augen gaben ihm keine Antwort.

Er sagte: »So haben wir es nicht abgemacht. Warum bist du hergekommen?«

»Du hast gehört, was ich Charley gesagt habe. Das ist alles. Ich hatte so ein Gefühl. Ich rief in seinem Zimmer an, und er war nicht da. Ich hatte nur so ein Gefühl.«

»Das reicht nicht.« Für einen Moment vergaß er den Revolver. Seine Augen drangen in sie. »Woher wußtest du, daß es dieses Zimmer war?«

»Charley hatte mir die Nummer gegeben.«

Harbin wandte seine Augen von ihr ab und starrte die Wand hinter ihrem Kopf an. »Ich frage mich, woher Charley die Nummer wußte.«

»Er bekam sie gestern nacht, als er dich bis hierher verfolgte. Wenn er Leuten folgt, dann folgt er ihnen überallhin. Er beobachtete dich von dem Moment an, als du von Gladden weggingst, bis zu dem Moment, wo du hierher kamst.«

»Charley ist einfach brillant.«

»Du bist auch brillant.« Ihr Gesicht veränderte sich nicht. »Was ist hier passiert? Was hast du ihm erzählt?«

»Er kam hierher, um die Smaragde zu holen. Nachdem er Baylock getötet hatte, öffnete er die beiden Koffer. Er war dabei, den dritten zu öffnen, als ich auftauchte. Ich mußte ihm ausreden, mich zu erschießen. Er war ganz versessen darauf, mich zu erschießen.«

Della blickte auf den ungeöffneten Koffer. »Sie sind da drin?«

Harbin nickte. Er machte eine Geste, daß sie den Revolver beiseite legen sollte. Aber die Waffe blieb auf ihn gerichtet.

Er verzog den Mund. »Was tust du?«

»Ich halte dich hier zurück.«

»Wie Charley es befohlen hat?«

»Charley hat damit nichts zu tun.«

»Warum tust du es dann?« fragte er. »Was willst du?«

»Es geht nicht darum, was ich will, sondern was ich nicht will. Ich will nicht, daß du weggehst.«

»Ich gehe nicht weg. Ich will nur bei Gladden sein, bevor Charley bei ihr ist. Er will sie töten. Du verstehst das, nicht wahr? Du weißt so gut wie ich, daß wir unter Zeitdruck stehen.«

Della sprach langsam. »Ich gebe Charley alle Zeit, die er braucht.«

»Della . . .«

»Ich will, daß er sie tötet.«

Harbin war vom Bett heruntergesprungen. Er bewegte sich auf den Revolver zu.

Della schob die Waffe gegen ihn. »Bleib stehen. Wenn du versuchst, mir die Waffe zu entreißen, drücke ich ab. Danach lege ich sie auf mich an.«

Harbin fühlte sich sehr schwach. Er lehnte sich gegen eine Ecke des Bettes. »So sehr willst du mich?«

»Es gibt nichts anderes, was ich will.«

»Danke.« Er lächelte schwach. »Danke, daß du mich so sehr liebst. Aber ich kann Gladden nicht sterben lassen.«

»Ich kann sie nicht am Leben lassen.«

»Du bist verrückt vor Eifersucht. Wenn du mich Wolken anschauen siehst, bist du auf die Wolken eifersüchtig.«

Della sagte: »Die Wolken kann ich nicht loswerden. Aber Gladden kann ich loswerden.« Ihre Stimme klang ein wenig schriller. »Ich lasse nicht zu, daß du an Gladden festhältst.«

»Glaub mir, ja?« Er spürte, wie sich ein Fieber in seinem Kopf ausbreitete. »Ich schwöre dir, da ist nichts.«

»Alles ist da.« Plötzlich lächelte sie traurig, und auch ihre Stimme klang sehr traurig. »Du weißt es selbst nicht, mein Lieber, aber so ist es. Dein ganzes Leben gehört Gladden. Letzte Nacht im Wald gingst du von mir fort, aber du wolltest nicht wirklich fortgehen. Es war Gladden, die dich fortzog.«

Er hob seinen Arm, fuhr sich über die geschlossenen Augen. »Ich kann mich nicht erinnern. Ich weiß nicht, was es war.«

»Ich sage dir, es war Gladden. Ich will dich davon befreien. Ich will dich von dieser Krankheit befreien, an der du leidest. Diese Krankheit von damals. Ihr Vater.«

Er starrte Della an, und sie nickte und sagte: »Gerald, Gerald«, und er fühlte sich, als würde er erdrosselt.

Della sagte: »Alles, was du tun konntest, war, mir die Geschichte zu erzählen. Darüber nachdenken konntest du nicht. Das mußte ich für mich tun.«

Er griff nach dem hölzernen Bettpfosten und versuchte, das Holz zu zerbrechen.

Er hörte Della sagen: »Du wirst von einem toten Mann beherrscht.«

»Nein.«

»Gerald.«

»Nein.«

»Gerald«, sagte sie. »Dieser Mann, der dich auflas und dich am Leben hielt, als niemand sich um dich einen Teufel scherte. Du warst ein Kind damals, als du an der Straße standest. Du warst verwirrt und hungrig, und du warst krank, und die Autos fuhren an dir vorbei, eines nach dem anderen. Sie schauten dich nicht einmal an. Aber Gerald schaute dich an. Gerald las dich auf. Und das war dein großes Glück. Es mußte Gerald sein, der dich auflas, Gerald, der sich um dich kümmerte, der dir zu essen gab, der dir Kleidung verschaffte und der dir alles beibrachte. Alles kam von Gerald. Seine Gedanken wurden deine Gedanken. Sein Leben wurde dein Leben. Nun höre gut zu, was ich dir sage: Als Gerald starb, wurde seine Tochter deine Tochter.«

Der Raum schloß sich um Harbin. Die Mauern neigten sich und bewegten sich auf ihn zu. Er konnte die Nähe der Mauern spüren.

Er hörte, wie sie sagte: »All die Jahre bist du davon beherrscht worden. Jeder Schritt, den du machtest, wurde von Gerald gelenkt. Immer, zu jeder Minute, ob du schliefst oder wach warst, sagte dir Gerald, was du tun solltest, wie du es tun . . .«

»Bitte«, schrie er. »Sei still.«

»Ich will, daß du dich losreißt. Daß du dich ein für allemal befreist.«

Harbin hörte etwas, das klang wie: »Wirklich, ich kann es nicht. Es wäre nicht rechtschaffen.« Er fragte sich, woher diese Stimme kam. Er fragte sich, ob sie von seinen Lippen kam oder ob es eine andere Stimme war, die er in sich wahrnahm. Er schaute zur Tür. Er bewegte sich auf die Tür zu, und der Revolver folgte seiner Bewegung. Er wußte, daß die Waffe ihm folgte, und er wußte, daß es eine Waffe war und was sie mit ihm anstellen konnte. Er ging weiter zur Tür.

»Ich schieße«, sagte Della. »Ich schieße dich tot.«

Er war an dem Bett vorbei, und er hörte, wie Gerald ihm sagte, daß er die Beute mitnehmen solle. Er ging an Della vorbei und nahm den ungeöffneten Koffer und schritt zur Tür. Er hörte, wie Gerald ihm sagte, er solle sich beeilen. Die Tür war genau vor ihm, als er den Revolver spürte, der auf ihn gerichtet war. Er hörte ein Schluchzen hinter sich. Die Tür war offen. Er ging weiter, spürte die Last des Koffers. Dann hörte er hinter sich wieder das Schluchzen, und dann einen Aufprall, und er wußte, daß er von der Waffe kam, die auf den Boden gefallen war. Dann schloß sich die Tür hinter ihm. Er war in dem Flur. Für einen weiteren Moment konnte er das Schluchzen in dem Raum hinter sich hören, aber irgend etwas zwang ihn, nicht mehr darauf zu hören, und das einzige hinter ihm war Gerald, der ihn den Flur entlang trieb, der ihn zu Gladden trieb.

17

Auf der Promenade, als er sich dem Hotel näherte, sah er, wie die Sonne auf das silberfarbene Geländer fiel, das die erhöhte Promenade vom Strand trennte. Es waren viele Leute am Strand, und die meisten trugen Badeanzüge. Der Stand war weiß-gelb im Sonnenlicht. Er schaute auf das Meer hinaus; es war flach und träge, eine schwere Hitze sank darauf herab und gab ihm das Aussehen von heißem, grünem Metall. Die Wellen waren klein, ihnen fehlte jede Begeisterung, als sie gegen den Strand spülten. Im Wasser bewegten sich die Badenden langsam, ohne Vergnügen zu empfinden; sie wurden zwar naß, aber nicht kühl. Er wußte, daß das Wasser warm war und klebrig und wahrscheinlich sehr schmutzig von dem Sturm Samstagnacht. Und trotzdem, sagte er sich, wäre er gern mit den anderen Schwimmern im Wasser; vielleicht würden er und Gladden noch ein wenig schwimmen, bevor sie Antlantic City wieder verließen. Der Gedanke war sehr optimistisch, aber er wiederholte sich diesen Gedanken, wiederholte ihn immer wieder, als er auf den Eingang des Hotels zuschritt.

Der alte Mann stand hinter dem Schalter, und Harbin ging zu ihm und lächelte und sagte: »Wann schlafen Sie?«

»Nur Augenblicke.« Der alte Mann tat irgend etwas mit der Spitze des Federhalters an seinem Daumen.

Harbin stellte den Koffer ab. »Ich möchte zu Miß Green.«

Der alte Mann drückte die Federhalterspitze gegen die Nagelhaut. »Es ist ein heißer Tag, ein furchtbar heißer Tag.« Er schaute Harbin an. »Für diese Jahreszeit ist es das, was ich ein Glückswetter nenne. Ich habe noch nie so eine verdammte Hitze erlebt. Diese Stadt hat in zwanzig Jahren keinen solchen Tag gehabt.«

»Miß Irma Green.«

»Sie scheinen förmlich vor Hitze zu zerbrechen«, sagte der alte Mann. »Wir haben eine Badeanstalt hier. Wollen Sie eine Badehose?«

»Ich möchte zu Miß Green. Rufen Sie sie bitte an.«

»Sie ist nicht da.«

»Abgereist?«

»Nein, nur weggegangen.«

»Alleine?«

Der alte Mann zeigte seine makellosen Zähne, die wohl jede Nacht in einem Glas Wasser verbrachten. »Sie halten mich wohl für ein Informationsbüro.« Er schob den Federhalter gegen seinen Daumennagel, sah dann lang genug auf, um den Geldschein in Harbins Fingern zu bemerken. Er nahm den Schein, zerknitterte ihn in seiner Faust und ließ ihn in die Brusttasche seines schmutzigen Hemdes gleiten.

»Sie ging allein weg.«

»Wann war das?«

Er wandte langsam den Kopf und betrachtete die Wanduhr. Es war vier Uhr dreißig. »Muß vor ein paar Stunden gewesen sein.«

»Ist der Mann seitdem dagewesen?«

»Welcher Mann?«

»Sie wissen, wen ich meine.«

»Ich weiß überhaupt nichts, wenn man es mir nicht sagt.« Der alte Mann blickte gelassen auf die kleine Rundung in der Brusttasche seines Hemdes, dann wanderten seine Augen zu der gegenüberliegenden Wand der Halle hinüber und verharrten da.

»Ich meine den Mann, der gestern nacht hier gewesen ist«, sagte Harbin. Der gutaussehende Mann mit den blonden Haaren. Der Mann, den ich aus dem kleinen Nebenraum beobachtet habe, während er ging.«

»Oh«, sagte der alte Mann. »Der Mann.« Er wartete ein paar Momente, denn er war zu alt und müde, um nach mehr Geld zu verlangen. »Ja, der Mann war hier. Kam vor zwanzig Minuten. Ich sagte ihm, sie wäre nicht da, und er blieb hier lange genug, um eine Zigarette zu rauchen. Rauchen Sie?«

Harbin gab dem alten Mann eine Zigarette und zündete sie für ihn an. »Stört es Sie, wenn ich hier warte?«

»Fühlen Sie sich wie zu Hause.«

Ein Sofa stand da und ein paar Stühle. Er ließ den Koffer stehen und setzte sich auf das Sofa. Nach ein paar Minuten gab er dem alten Mann den Koffer, schlenderte durch die Halle und ging hinüber zum Geländer an der Promenade und stand dort und schaute zum Eingang des Hotels. Er rauchte ein paar Zigaretten und stellte fest, daß er etwas zu essen vertragen konnte. Neben dem Hotel waren Souvenirläden und Sandwich-Buden. Er aß ein Sandwich mit Schinken und Käse und spülte es mit

Kaffee hinunter, während seine Augen auf den Eingang des Hotels gerichtet blieben. Er nahm noch ein Sandwich, trank mehr Kaffee, und dann kaufte er sich zwei Zeitungen und ging in das Hotel und setzte sich wieder auf das Sofa.

Später, viel später, kam es ihm so vor, als hätte er jedes Wort in den beiden Zeitungen gelesen. Er blickte auf seine Armbanduhr. Es war fast sieben Uhr. Die Sonne draußen schien immer noch sehr stark. Er war erleichtert, das Sonnenlicht zu sehen. Als er seine Augen wieder durch die Halle schweifen ließ, sah er den alten Mann hinter dem Schalter, der jetzt einen anderen Fingernagel bearbeitete.

Er wandte sich wieder seinen Zeitungen zu. Es wurde halb acht. Es wurde acht, dann acht Uhr fünfzehn und schließlich halb neun. Er hatte keine Zigaretten mehr. Als er die Zeitungen beiseite legte, sah er, wie die Nacht von der Promenade hereinzog. Er blickte zur Tür und sah, daß es draußen dunkel war.

In der Nähe der Tür stand ein Zigarettenautomat. Er holte sich eine Packung Zigaretten, als jemand in die Halle kam. Er blickte auf und erkannte, daß es Gladden war. Er rief ihren Namen, und sie drehte sich um und starrte ihn an.

Er schritt auf sie zu. Sie trug einen Hut, der ganz neu aussah. Es war ein kleiner Hut in einem blassen Orange; nichts war an dem Hut außer einer langen Hutnadel mit einem hell organgefarbenen Plastikkopf, wie ein großer, glänzender Tropfen Orangensaft.

Als er näher kam, senkte Harbin seine Stimme. »Wir hauen ab. Wir müssen es sofort tun.«

Er schaute sie nicht an, aber er wußte, ihre Augen ruhten auf ihm. Er hörte, wie sie sagte: »Ich habe dir gesagt, daß ich ausgestiegen bin.«

»Noch nicht ganz.«

»Ich bin draußen.« Sie stieß ihm jedes Wort entgegen.

»Dein Freund Charley weiß das nicht.« Er nahm ihren Arm.

Sie schob ihn weg. »Geh, ja? Geh einfach. Geh einfach von mir weg.«

»Laß uns auf die Promenade gehen.« Er drehte seinen Kopf ein wenig und sah die Neugier auf dem Gesicht des alten Mannes.

Gladden sagte: »Ich will, daß du mich in Ruhe läßt. Für den Rest meines Lebens möchte ich in Ruhe gelassen werden.«

»Der Rest deines Lebens ist eine Sache von Minuten, wenn du dir nicht von mir helfen läßt.«

Nun sah er sie an, und er sah, daß etwas mit ihrem Gesicht passierte. Es begann mit ihren Augen, und nachdem sich die Augen geweitet hatten, öffneten sich ihre Lippen ein wenig, aber sie hatte Mühe, die Worte herauszubringen. »Ich werde von Charley nicht belästigt werden. Er ist, was er ist. Also, was soll es? Es gibt keinen Grund, warum Charley mich belästigen sollte. Ich habe keine Angst vor Charley.«

»Du hast sogar sehr viel Angst«, sagte Harbin. »Du bist gelähmt vor Angst. Du bist so starr, daß du dich nicht von der Stelle bewegen kannst. Du bist so benebelt, daß du nicht den Verstand hast, deine Sachen zu packen und die Stadt zu verlassen. Alles, was du tun konntest, war, auf der Promenade herumzustreunen und dir einen Hut zu kaufen.« Er drehte sich herum, schritt durch die Halle, gab dem alten Mann ein paar Münzen und kam mit dem Koffer zurück. Gladden schaute den Koffer an. Harbin nickte und lächelte, dann führte er sie aus der Halle auf die Promenade. Es war draußen noch immer sehr heiß, aber nun kam eine leichte Brise von der See.

Die Lampen der Promenade reihten sich zu einer Parade von gelben Lichtflecken gegen die Dunkelheit, zogen sich am Meer entlang, um auf den gigantischen Glanz des großen Piers zu treffen, dem Vergnügungspalast Steel Pier.

»Meinen Arm«, sagte sie.

Er bemerkte, daß er ihren Arm zu heftig drückte. Er ließ los. Vor ihm, eine Meile entfernt, blendeten die Lichter des Steel Pier seine Augen, und er zwinkerte. Er spürte seine eigenen Schritte auf den Brettern der Promenade und Gladden neben ihm. Er sah die anderen Leute auf der Promenade, und es war eine gute Sache, sie zu sehen, draußen auf der Promenade, und ein wenig frische Luft zu schnappen.

Gladden lief einen Schritt voraus, um in sein Gesicht aufzublicken. »Warum bist du zurückgekommen?«

Er steckte sich eine Zigarette an. Er spürte den Geschmack der Zigarette, das starke Aroma, nach all den Zigaretten vorher. Aber es schmeckte noch immer gut, und das Holz der Promenade fühlte sich gut unter seinen Füßen an. Er stieß den Rauch aus, und dann mit leichter Stimme sagte er ihr, warum er zurückgekommen war. Er drückte es so nüchtern aus, wie er konnte, erwähnte jede Kleinigkeit, ohne sie auszuschmücken. Als er fertig war, hatten sie die halbe Strecke zum Steel Pier zurückgelegt. Er lächelte schwach, zufrieden mit all den Lichtern und all den Leuten zwischen ihm und dem Pier, und er wartete, daß Gladden etwas sagte.

Sie sagte nichts. Sie hatte den Kopf gesenkt und blickte auf das glänzende Holz der Promenade, wie es scheinbar unter ihren Füßen vorbeizog.

»Danke«, sagte sie. »Danke, daß du zurückgekommen bist.«

Ihre Stimme klang grau und traurig, und ihre Schwermut bedrückte ihn. Er runzelte die Stirn. »Was ist los mit dir?«

»Ich habe so ein Gefühl. Vielleicht wäre es anders besser gewesen.« Bevor er antworten konnte, flüsterte sie: »Nat, ich bin so müde.«

Ein Pavillon war in der Nähe, und er führte sie hinein. Der Pavillon war etwas mehr als halb gefüllt, die meisten Leute waren mittleren Alters, sie saßen mit völlig ausdruckslosen Gesichtern da. Ein paar Kinder liefen ruhelos zwischen den Bänken umher, und ein Mann mit einer weißen Marinemütze verkaufte Eiskrem.

Die Bank, die Harbin aussuchte, stand in der Mitte des Pavillons, dort, wo er sich von der Promenade über den Strand erhob. Als er zu der Bank kam, spürte er die Sicherheit dieses Ortes. Er schaute Gladden an und sah, daß sie den Kopf zurückgelegt hatte, die Augen waren geschlossen, ihr Mund zu einer dünnen Linie zusammengepreßt.

Er sagte: »Das ist ein hübscher Hut, den du dir gekauft hast.«

Sie antwortete nicht. Ihr Gesichtsausdruck blieb, wie er war.

»Wirklich ein eleganter Hut«, sagte er. »Du hast einen guten Geschmack.«

Gladden öffnete die Augen und schaute ihn an. »Ich wünschte, du wärest nicht zurückgekommen.«

»Hör auf, solchen Unsinn zu reden.« Seine Lippen verzogen sich zu einem tadelnden Lächeln. »Wir haben keine Zeit, um Unsinn zu reden. Wir müssen einen Plan machen. Wir haben den Anfang, und nun müssen wir etwas mit ihm anfangen.«

»Aus welchem Grund?«

»Um am Leben zu bleiben.«

»Ich bin nicht sicher, ob ich am Leben bleiben will.«

Harbin warf einen Blick auf die Promenade vor ihm, wo die Passanten zu einem Strom aus verschiedenen Pastellfarben wurden. Er schüttelte langsam seinen Kopf und seufzte schwer.

»Ich kann nichts dafür«, sagte Gladden. »So fühle ich mich nun einmal.« Sie legte eine Hand auf ihre Augen. »Ich bin müde. Ich bin so müde, alles zurückzuhalten, was ich fühle.« Sie begann wie ein Marathonläufer zu keuchen, der davorstand aufzugeben. »Ich kann nicht mehr so weitermachen. Es gibt nichts zu gewinnen.«

»Das ist richtig.« Er schaute sie an. »Mach alles kompliziert. Mach alles schlecht.«

»Für dich habe ich es immer schlecht gemacht.« Sie machte eine Bewegung, als wollte sie seinen Arm fassen, zog ihre Hand dann aber wieder zurück. »Alles, was ich immer getan habe, war, dich zurückzuhalten.«

»Laß uns etwas Kluges tun. Laß uns die Dinge weiterlaufen lassen.«

»Weiterlaufen, wohin?« fragte sie, dann antwortete sie selbst. »Nirgendwohin.« Sie griff seinen Arm, aber nur, damit er ihr seine ganze Aufmerksamkeit schenkte. »Die Art, wie sich die Dinge entwickeln, ist nicht gut. Letzte Nacht . . .« Ein Keuchen kam in ihre Stimme. »Ich habe dich hinausgeworfen. Ich habe dich beschimpft, weil ich dir nicht sagen konnte, was ich wirklich fühlte. Bis jetzt. Doch jetzt ist die Zeit gekommen. Wie in der Geschichte, die ich einmal las, wo ein Walroß vorkommt, das sagt: Die Zeit ist gekommen.«

Sie hielt seinen Arm sehr heftig umklammert, und er fragte sich für einen Moment, ob von daher der Schmerz kam, aber dann wußte er, daß der Schmerz nicht aus seinem Arm kam.

»Also«, sagte sie, »nun ist die Zeit gekommen. Ich liebe dich, Nat. Ich liebe dich so sehr, daß ich sterben möchte. Ich will wirklich sterben, und ob es nun Charley ist, der mich tötet, oder ein anderer, spielt keine Rolle. Ich möchte nur sterben. Siehst du«, und sie wandte den Kopf ab, weil er sie nicht ansehen sollte, »es ist nicht gut, wenn man die ganze Zeit traurig ist.«

Er versuchte, den großen, schweren Kloß in seiner Kehle loszuwerden. »Sag das nicht.« Er wußte, daß es alles nur noch schlimmer machte, und wollte doch so sehr, daß die Dinge besser wurden, und wußte nicht wie. »Ich habe dir zu einer verdammt schlechten Reise verholfen.«

»Das ist nicht dein Fehler.« Sie nahm ihre Hand von seinem Arm. »Es ist meine Schuld. Ich wußte, ich wurde nicht gebraucht, also was tat ich? Ich hing herum. Wie ein Schmarotzer.« Ihre Augen, die ihre eigene Verachtung für sich ausdrückten, waren von einem trostlosen Gelb. »Das bin ich immer gewesen: ein Schmarotzer.« Und dann, ihre Lippen bewegten sich kaum, sagte sie: »Die einzige Zeit, wenn ein Schmarotzer einem gelegen kommt, ist der Moment, wo er stirbt.«

Für einen Moment war er nicht fähig, sich zu bewegen, zu atmen, zu denken. Es war die völlige Stille, die eintritt, bevor die Kanonade beginnt. Und als die Kugel den Himmel traf und die Dunkelheit aufriß, sagte er sich selbst, daß es Liebe war. Er zwang sich dazu, ein verrückter, wilder Zwang, redete sich ein, es wäre Liebe, als seine Arme auf Gladden zuschnellten, um sie zu halten und an sich zu ziehen.

»Du gehst nicht weg«, sagte er. »Ich werde niemals zulassen, daß du weggehst.«

Schwankend, wie betäubt, während ihre Augen nach seinen Augen verlangten, sagte sie mit sanfter Stimme, die das innere Schreien überdeckte: »Du machst dir etwas aus mir. Das tust du. Du tust es. Ich wußte, daß du es tust.«

»Ja«, sagte er. Und dann kam das Wissen, und er begriff, was das alles bedeutete, und wer die Kanonade abgefeuert hatte, und wer ihm das alles eingegeben hatte, und wußte auch, wer seine Arme für ihn bewegte und wer sie dort hielt, wo sie waren. Er wußte es, wie man es nur wissen konnte. Er wußte, daß es Gerald war. Und Gerald war es auch, der ihn dazu brachte zu sagen: »Ich liebe dich, Gladden.«

18

Die Brise, die von der See kam, frischte auf, und die Nachricht davon mußte die Straßen erreicht haben, denn plötzlich kamen mehr Leute auf die Promenade. Freude zeigte sich auf ihren Gesichtern. Hell erleuchtet von den weißen Lichtern der Laternen und den bunten Lichtern der Geschäfte und Cafés und Hotels war die Promenade ein einziges Band von Bewegung und Lichterglanz, von Geräuschen und Farben, die auffunkelten. Seine Helligkeit durchschnitt das Schwarz des Himmels, des Strandes und der See.

Von der Promenade kam ein beständiger Strom von Menschen in den Pavillon. Der Mann, der Eiskrem verkaufte, machte ein gutes Geschäft, und einer seiner Konkurrenten sah, was passierte, und bewegte sich unwillkürlich auf den Pavillon zu. Die Leute saßen da, kauften Eiskrem und genossen den Wind, spürten die Kühle des Abends, atmeten die salzige Luft und waren zufrieden, einfach dazusitzen. Es wurde auch nicht sehr viel im Pavillon geredet. Die Leute waren gekommen, um den frischen Wind zu spüren.

Harbin wünschte sich mehr Gespräche, mehr Geräusche. Er wußte, es war an der Zeit, einen Plan zu machen, doch er konnte nicht gut mit Gladden über Pläne sprechen, wenn es still um sie herum war. Er wandte den Kopf und blickte zur Rückseite des Pavillons, dorthin, wo er sich über den Strand erhob. Da war eine leere Bank in der letzten Reihe, sie stand dicht am Geländer und ein wenig abseits. Eine Seite wies zu der Treppe, die zum Strand hinunterführte. Er stand mit dem Koffer auf, und Gladden folgte ihm zur Rückseite des Pavillons. Dort setzten sie sich auf die Bank. Vor ihnen entstand ein leichtes Gedränge, als einige Leute auf die Bank zuliefen, auf der sie gesessen hatten. Ein Schieben und Stoßen setzte ein und der Beginn eines Streits. Die Stimmen wurden schriller. Eine ältere Frau beschimpfte eine andere und wurde dann ihrerseits beschimpft, doch dann legte sich die Aufregung, und es wurde wieder ruhig im Pavillon.

»Laß uns die Sache durchgehen!« Er steckte sich eine Zigarette an. Gladden lehnte gegen seine Schulter. Das blasse Gold unter seinen Augen war ihr Haar, das durch einen zarten Windhauch bewegt auf seine Brust wallte.

»Geld«, sagte Gladden. »Mein ganzes Geld ist in meinem Zimmer. Wir werden zurückgehen müssen.«

»Nein.« Seine Gedanken bewegten sich wie über ein Damebrett. »Ich habe genug bei mir. Fast siebentausend.«

»Große Scheine?«

»Meistens.«

»Das ist ein Problem.«

»Nicht für die erste Zeit. Ich habe genug Zehner und

Fünfer, daß wir beweglich bleiben.« Er nahm einen tiefen Zug. »Was mir mehr Sorgen macht, ist die Art und Weise, wie wir reisen sollen.«

Er schaute zum pechschwarzen Himmel hinauf. Er war mit Sternen übersät, und ein voller Mond verstrahlte bleiches Licht. Zwischen den Sternen und dem Mond entwarf er einen Plan ihrer Reise, warf eine Karte hinauf zum Himmel und sah sich und Gladden über die Karte ziehen und irgendwohin fahren. Er fragte sich, wohin. Er fragte sich, wie lange ihre Reise dauern würde und ob sie überhaupt ankamen. Die Karte am Himmel wurde eine Karte der Traurigkeit, und er sagte sich, er solle aufhören, sie anzuschauen. Durch die Karte bekam er keine Ideen. Er brauchte Ideen, aber es kamen keine Ideen. Er versuchte, sie zu erzwingen, aber er wußte, daß es zu nichts führte, und er beschloß, sie aus eigenem Antrieb auf sich einströmen zu lassen.

»Die Busse«, sagte Gladden. »Ich glaube nicht, daß sie die Busse überwachen.«

»Wenn sie etwas überwachen, dann überwachen sie alles.«

»Stör dich nicht an meinem Gerede«, sagte Gladden. »Das ist für mich neu.«

»Für mich auch.« Er blickte zu dem Koffer auf der anderen Seite der Bank.

»Hast du Angst?«

»Klar, ich habe Angst.«

»Wir werden aus der Sache herauskommen.«

»Aber bis dahin habe ich Angst. Ich will dir nichts vormachen. Ich habe wirklich Angst.«

»Ich weiß, was das heißt«, sagte Gladden.

Er nickte langsam. »Die Angst von der letzten Nacht auf der Pike, von der Sache mit Baylock heute.« Er versteifte sich ein wenig. »Eines ist sicher. Wir haben es nicht getan. Ich wollte, daß die drei Polizisten am Leben blieben. Ich wollte, daß Dohmer am Leben blieb, daß Baylock weiterlebte. Um Gottes willen«, sagte er und bemerkte ihre Geste, er solle leiser reden, »ich habe niemals gewollt, daß irgend jemand starb.« Er starrte vor sich hin, zu den Leuten hinüber, die in dem Pavillon saßen, zu den Leuten auf der Promenade und deutete auf sie. »Ich schwöre, ich habe nichts gegen sie. Überhaupt nichts. Schau sie dir an! Schau sie alle an! Ich mag sie, ich mag sie wirklich, obwohl sie mich wie die Pest hassen.« Seine Stimme senkte sich. »Dich übrigens auch.«

»Sie wissen nicht, daß wir am Leben sind.«

»Sie werden es wissen, wenn man uns erwischt hat. Dann fängt es an. Wenn wir gefaßt werden und wenn man uns eingesperrt hat. Dann wissen sie es. Es sagt ihnen, wie gut sie sind und wie schlecht wir.«

»Wir sind nicht schlecht.«

»Verdammt, wir sind nicht schlecht.«

»Nicht wirklich schlecht.« Sie sah in seine Augen.

»Wir sind schlecht genug«, sagte er. »Ziemlich schlecht.«

»Aber nicht so schlecht, wie sie uns machen. So schlecht sind wir nicht.«

»Versuch ihnen das beizubringen.«

»Wir müssen ihnen überhaupt nichts beibringen.« Sie berührte seine Handgelenke. »Alles, was wir tun müssen, ist, uns nicht erwischen zu lassen. Denn wenn wir nicht erwischt werden, werden sie es niemals wissen.«

»Aber wir wissen es.«

»Hör zu, Nat. Wir wissen, daß wir niemals jemanden umgebracht haben. Nicht heute, nicht letzte Nacht, niemals. Wenn sie es aber behaupten, wissen wir, daß sie sich irren.«

»Wir können es nicht beweisen, aber angenommen, wir könnten es . . .«

»Was wäre, wenn wir es könnten?« Sie sah ihn mit Erstaunen an, mit etwas, das in ihren Augen wuchs und ihre Augen groß und weit machte.

»Wenn wir es könnten«, sagte er, »wäre es vielleicht einen Versuch wert.«

»Nat, gib mir keine Rätsel auf. Sag mir, wovon du sprichst.«

»Uns stellen.«

»Du denkst wirklich daran?«

Er nickte.

Sie sagte: »Warum denkst du daran?«

»Ich weiß nicht.«

»Dann hör auf, daran zu denken.«

»Ich kann nicht«, sagte er. »Es ist da, das ist alles. Ich denke immer daran.«

»Du wirst damit nicht durchkommen.«

»Ich weiß es nicht.«

»Bitte, hör auf«, sagte sie. »Bitte, du quälst mich.«

»Ich kann nichts dafür. Ich möchte dich nicht quälen, aber ich kann nicht anders. Ich denke daran, daß wir es vielleicht tun sollten.«

»Nein.«

Er nahm ihre Hände und drückte sie. »Hör mir zu. Ich möchte dir etwas sagen, und ich möchte, daß du sehr genau zuhörst.« Er drückte ihre Hände ziemlich heftig, ohne zu wissen, wie heftig. Mit dem Kopf deutete er auf die Gesichter, die in einem dichten Strom auf der Promenade vorbeizogen. »Schau sie dir an! Sieh ihre Gesichter an! Du denkst, sie haben Sorgen? Sorgen? Sie wissen gar nicht, was richtige Sorgen sind. Schau dir an, wie sie gehen. Wenn sie einen Spaziergang machen, dann machen sie einen Spaziergang, das ist alles. Aber wenn du und ich einen Spaziergang machen, ist es, als würden wir durch einen schwarzen Tunnel kriechen, ohne zu wissen, was vor uns ist und was hinter uns. Ich will da herauskommen. Ich will, daß das aufhört, es hat keinen Reiz, und ich will, daß es aufhört.«

Sie hatte ihre Augen geschlossen, und sie begann ihren Kopf in langen, langsamen Bewegungen zu schütteln, die Augen fest zusammengepreßt. Das war alles, was sie tun konnte.

»Hör zu«, sagte er. »Wie du zuhörst, wenn wir unsere Pläne besprechen. Es ist genauso wie ein Plan, nur klarer, offener, es gehört mehr dazu als zu Plänen. Also versuch mir zuzuhören. Wir gehen hin. Wir stellen uns. Wir sagen ihnen alles, legen alles offen auf den Tisch. Sie werden sich darauf stürzen. Sie werden zuerst nicht wissen, was sie damit anfangen sollen, aber ich bin sicher, sie werden sich darauf stürzen. Wir machen ihnen klar, daß wir auch hätten abhauen können, aber anstatt abzuhauen und sie uns suchen zu lassen, haben wir ihnen den Ärger erspart und sind gekommen. Niemand brachte uns dazu. Wir sind aus freien Stücken gekommen. Wir brachten uns selbst dazu. Das ist genau so, als erledigten wir die Arbeit für sie, als ersparten wir ihnen eine Menge Kopfschmerzen und lösten die Sache für sie, klärten die Angelegenheit auf der Pike und mit Baylock in dem Hotelzimmer. Besonders das auf der Pike ist wichtig, denn es ist immer eine harte Sache, wenn Polizisten sterben. Die anderen Polizisten sind ganz scharf darauf herauszufinden, wer es war und wie und warum es passiert ist. Also sagen wir ihnen alles, und sie werden Bescheid wissen und verstehen, daß sie niemals die Wahrheit erfahren würden, wenn wir nicht kämen, wenn wir ihnen nicht sagen würden, wer es getan hat und wie es passiert ist. Da ist noch eine andere wichtige

Sache: die Smaragde. Wir werden sie ihnen zurückgeben. Ich weiß, daß es etwas nützen wird. Vielleicht gehen sie glimpflicher mit uns um.«

»Vielleicht«, sagte sie, »aber vielleicht auch nicht.«

»Sie werden«, beharrte er. »Ich weiß, daß sie glimpflicher mit uns umgehen werden.«

»Wie mit einem Holzhammer.«

»Wenn wir . . .«

»Kein Wenn«, unterbrach sie ihn. »Gerade war es ein Vielleicht, und jetzt ist es ein Wenn.«

»Es gibt keine Garantie. Es gibt niemals eine Garantie. Aber einfach so hereinzukommen, um sich zu stellen und die Smaragde zurückzugeben, das macht Eindruck. Wir werden dann bald wieder draußen sein.«

Gladden zog sich ein wenig von ihm zurück und betrachtete ihn ruhig, als blickte sie von einem Podium auf ihn herab. »Du sagst das alles zwar, aber du glaubst es nicht. Du weißt, wie lange wir sitzen werden.« Und dann, als er unfähig war, etwas zu antworten, fuhr sie fort: »Du sagst wir, aber du meinst in Wahrheit nur dich selbst. Ich weiß, was du tun wirst, denn ich kenne dich. Du wirst die Anklage auf dich nehmen.«

Er zuckte mit den Schultern. »Ich kriege sie ohnehin.«

»Nein, du kriegst sie nicht. Du versuchst nur, sie auf dich zunehmen. Du wirst es so hart für dich machen, wie du nur kannst.« Sie beugte sich zu ihm. »Um es für mich leichter zu machen.« Und dann sagte sie langsamer und völlig ruhig: »Das ist nur der eine Grund. Doch da ist noch ein anderer.«

Er sah sie an, als wäre sie etwas Furchteinflößendes, das auf ihn zukam, etwas, das nicht soviel Furcht einflößte, wenn er es tief in sich versteckt hielt, aber das Furcht einflößte, wenn es von außen auf ihn eindrang.

»Du willst es«, sagte sie. »Du sehnst dich danach. Du

bist froh, wenn sie dich einsperren. Je länger sie dich festhalten, desto lieber ist es dir.«

Er wandte seinen Kopf von ihr ab. »Hör auf, wie ein Dummkopf zu reden.«

»Nat, schau mich an!«

»Sei vernünftig, und ich werde dich anschauen.«

»Du weißt, daß es wahr ist. Und ich weiß, daß du es willst.«

Er versuchte etwas zu sagen. Die Worte formten sich zu einer angespannten Saite, und die Saite zerriß in seiner Kehle.

»Du willst es«, sagte sie. »Du spürst, daß es kommt. Und du willst es.«

Dann war es wie in einem Fang-mich-Spiel der Kinder. Er wußte, sie hatte ihn gefangen, und es hatte keinen Zweck zu versuchen, umherzuspringen und sich zu verstecken. Er wußte nicht, was er sagen sollte. Er wandte sich um, schaute sie an und sah, daß sie zusammenzuckte, und wußte, daß es sein Blick war, der sie zusammenzucken ließ. Er versuchte, seine Augen abzuwenden, aber seine Augen blieben, wo sie waren. All seine Qualen lagen in seinem Blick, und wieder ließ er sie zusammenzucken.

»Bitte«, sagte sie. »Breche nicht zusammen. Versuche klar zu denken.«

Räder bewegten sich in seinem Kopf. »Ich denke sehr klar.« Dann brach es aus ihm hervor, eine Flut, ein Ausbruch, ein Brodeln der Gefühle. »Ich will es, weil ich einfach fällig bin. Überfällig. Ich bin nichts als ein nichtsnutziger, gottverdammter, elender Dieb. Ich lasse es auf mich zukommen, und ich will es.«

»Na gut.« Ihre Stimme war sanft und zärtlich. »Wenn du es so sehr willst, dann will ich es auch. Ich will alles, was du auch willst. Wir nehmen es gemeinsam auf uns.«

Er schaute sie an, wartete und fragte sich, worauf er wartete. Dann begriff er langsam, er wartete, daß sie zusammenbrach. Aber es gab kein Anzeichen für einen Zusammenbruch. Alles, was sie tat, war seufzen. Es war beinahe ein Seufzer der Erleicherung.

»Jetzt«, sagte sie. »Wir werden nicht abwarten. Wir machen es jetzt sofort.« Er ergriff ihre Handgelenke, um ihr von der Bank aufzuhelfen, aber er bemerkte, daß sie nicht ihn ansah. Sie sah irgend jemanden anderen an, irgend jemanden hinter der Bank. Er wandte den Kopf, um zu sehen, wen sie ansah.

Er sah den Revolver. Und über dem Revolver verzogen sich Lippen zu einem schwachen Lächeln, und die aquamarinblauen Augen funkelten zufrieden. Es war das Gesicht von Charley Hacket.

19

Harbin sagte sich selbst, es wäre wie ein plötzliches Unwetter, und es folgte dem schlechten Muster der Dinge, die geschehen waren. Er wußte, daß die aquamarinblauen Augen sie beobachtet hatten, als sie aus dem Hotel gekommen waren; sie waren ihnen über die Promenade gefolgt, hatten sie bis hierher verfolgt, hatten abgewartet. Charley hatte den richtigen Moment ausgewählt, und das war der richtige Moment.

Die Waffe zeigte sich ihnen lange genug, um sie wissen zu lassen, daß sie da war, dann schob Charley sie unter seine Jacke. Die Jacke beulte sich dort ein wenig, wo die Mündung gegen den Stoff drückte. Charley stand mit dem Rücken zu dem Geländer des Pavillons. Langsam begann er sich auf die Treppe zuzuschieben, die hinunter zum Strand führte.

»Kommt mit«, sagte Charley. »Und vergeßt den Koffer nicht!«

Harbin achtete auf Hackets Tonfall, bemerkte den Hauch von Hysterie und wußte, daß es nichts zu tun gab, als den Koffer zu nehmen und mit Charley zum Strand zu gehen. Gladden schaute zu ihm auf, um zu sehen, was sie tun sollte. Er schenkte ihr ein Lächeln, dann zuckte er die Achseln, und mit dem Koffer folgte er ihr zu der Treppe, dann die Treppe hinunter. Die ganze Zeit stand Charleys Gesicht vor ihnen, denn Charley bewegte sich rückwärts zum Strand.

Erst am Strand ging Charley um sie herum, so daß sein Revolver sich auf ihren Rücken richtete. Charley sagte: »Laßt uns einen kleinen Spaziergang machen und das Meer anschauen.«

Sie gingen über den Strand auf das Meer zu. Der volle Mond warf sein blaß-weißes Licht gegen das dunkle Wasser. Das Licht schien zu zerfließen, als es auf den Strand zulief. Es trieb auf den Strand zu, ein schwimmender, blaßblauer Schleier, der Schatten gebar und vor ihnen hin und her warf, während sie sich dem Wasser näherten.

Der Sand war weich und dick und bewegte sich in kleinen Hügeln unter ihren Füßen. Der Klang des Meeres, ein lautes, träges Rauschen, vermischte sich mit dem Gemurmel, das von der Promenade herüberdrang. Sie liefen zu dem harten, feuchten Sand in der Nähe des Wassers. Die Geräusche von der Promenade begannen zu verklingen, und als sie auf den feuchten Sand kamen, waren sie sehr weit weg von der Promenade und von allem.

»Dreht euch um«, sagte Charley.

Sie standen Charley gegenüber. Sie sahen den Glanz auf dem Lauf der Waffe, die auf sie gerichtet war.

Charley machte eine Geste mit dem Revolver. »Schieb den Koffer hier herüber.«

Harbin schob den Koffer über den Sand. Charley nahm den Koffer, spürte sein Gewicht, nickte dann langsam und schob ihn zu Harbin zurück.

»Öffne ihn«, sagte Charley.

Der Revolver näherte sich Harbin. Er löste die Riemen und öffnete den Deckel. Er brachte das grüne Aufflammen der Steine zutage und nahm das Aufflammen in Charleys Augen wahr, als er die Steine ansah. Harbin hörte Gladdens Atem. Er hob den Kopf und sah die Waffe und dann Charleys Gesicht. Etwas sehr Ungewöhnliches war in Charleys Gesicht geschehen. Seine Gesichszüge schienen völlig den Gleichklang verloren zu haben.

»Jetzt habe ich sie«, sagte Charley. »Jetzt gib sie her zu mir!«

»Okay, nehmen Sie sie.«

»Noch nicht. Das wäre nicht angemessen. Um fair zu sein, denke ich, werde ich euch auch etwas geben.«

»Wenn Sie die Waffe benutzen«, erklärte ihm Harbin, »wird man es auf der Promenade hören. Dann haben Sie tausend Leute hier am Strand und sitzen fest.«

Charley kam näher, und das Mondlicht fiel auf seine verzerrten Gesichtszüge. »Das letzte Mal, als du mir etwas gesagt hast, nahm ich es für bare Münze. Du hast mich von dem Koffer abgelenkt, dann ließest du mich dir den Rücken zukehren und aus dem Zimmer gehen. Das war ein netter Schachzug, aber das bedeutet, daß ich es mir nicht leisten kann, mich noch einmal von dir hereinlegen zu lassen.«

»Schauen Sie, Sie haben die Beute. Warum nehmen Sie sie nicht einfach und gehen?«

Charley neigte den Kopf, so daß er auf seiner Schulter ruhte. Seine Stimme klang sanft. »Du willst wirklich, daß ich das tue?«

»Es ist das einzige, was Sie tun können.«

»Und was wirst du tun?«

Harbin zuckte die Achseln. »Nichts.«

»Bist du sicher?« Charley lächelte. »Bist du ganz sicher?«

Harbin zuckte wieder die Achseln. »Finden Sie das selbst heraus. Wir können es uns nicht leisten, uns gegen Sie zu stellen. Wir werden selbst verfolgt.«

Charley lächelte ein sanftes Lächeln. »Du bist wirklich klasse. Ich krieg' beinahe feuchte Augen, auf welche Weise du dich aus einer Schwierigkeit herausbringst. Ich mag das . . .«

Sein Lachen wurde sonderbar zügellos. »Du weißt, was du willst.« Mit dem Revolver deutete er auf Gladden, seine Augen blieben auf Harbin gerichtet, seine Stimme klang schneidend. »Du willst dieses Mädchen loswerden und zu Della zurückgehen. Das ist es, was du willst. Und ich hätte fast Lust, dich gehen zu lassen. Ich würde es mögen, bei dir zu sein, wenn du zurück in dieses Zimmer gehst. Ich möchte dabei sein, dich beobachten, wenn du dastehst, wenn du Della ansiehst. Ich möchte dein Gesicht aus nächster Nähe beobachten. Ich möchte hören, was du zu sagen hast. Du übernimmst das Reden, denn ich stehe nur dabei, ich sage kein Wort. Und ich weiß, auch Della wird kein Wort sagen.«

Harbin spürte, wie etwas ihn durchschnitt, wie ein Teil von ihm abgeschnitten wurde.

Er hörte, wie Charley sagte: »Vielleicht war das, was Della an dir mochte, deine Klasse. Vielleicht war es das.

Sie sagte mir immer, ich sollte mehr Klasse haben. Sie mochte es nie, wenn ich zu laut sprach und mich aufregte. Du sprichst nicht zu laut, und du regst dich niemals auf, also war es vielleicht das, worin sie verschossen war. Was immer es war, sie war ganz sicher darin verschossen. Ich meine völlig verschossen, ganz und gar, bis zu dem Punkt, als ich zurück ins Zimmer kam und sie auf der Bettkante sitzend fand und du nicht da warst. Natürlich wollte ich wissen, was passiert war. Della fing an, mir ein Märchen zu erzählen, doch ich wußte durch die Art und Weise, wie sie es erzählte, daß sie mir ein Märchen auftischte. Ich sah, daß sie in ziemlich schlechter Verfassung war, und dann fing sie an zu weinen und konnte nicht mehr weitersprechen. Da wußte ich Bescheid. Ich setzte mir alles zusammen, und als ich es zusammen hatte, da war es zuviel, und etwas passierte. Ich legte meine Hände um ihren Hals. Ich würgte sie. Ich würgte Della, bis sie tot war.«

Charley atmete schwer, sein Gesicht glänzte über die Waffe. Plötzlich trat er heftig gegen den Koffer, so daß er umkippte. Die Smaragde flogen heraus, blitzten grün auf und glitzerten grün im Sand.

»Ich will sie nicht«, sagte Charley. Er fing an zu weinen, ein hartes, erschütterndes Weinen. »Ich mache mir nichts aus ihnen, hörst du? Nur an einem lag mir wirklich etwas, und das war Della. Ich will sie zurückhaben, hörst du?« Das Weinen klang sehr laut. Schwere Tränen rannen Charleys Gesicht hinab. »Werde ich jemals eine andere Della finden? Nein. Niemals. Es gab nur eine Della. Nun ist sie tot, und ich habe nichts mehr in meinem Leben. Aber ich weiß . . .« Charley senkte den Kopf, seine Augen versuchten, Harbin in Stücke zu reißen. »Ich weiß, wenn du nicht gewesen wärst . . .«

»Nein, nicht«, bat Harbin leise.

»Du . . .«

»Nicht.«

»Bitte nicht«, sagte Gladden. »Bitte, Charley, bitte . . .«

Charley lachte durch sein Weinen und kam mit der Waffe fuchtelnd näher. Harbin sah den Riß, der sich durch Charleys Kopf zog, sah sein Gehirn auseinanderfallen, da sein Revolver in einem Bogen emporfuhr, als Charley die Waffe ganz nah heranbrachte. Charleys Augen waren geweitet, das Weiße glänzte wie weiße Revolver gegen Harbins Brust, den Finger hart am Abzug. Harbin sah es kommen, fühlte es kommen, doch es kam nicht, denn Gladden brachte ihren Arm unter Charleys Arm, ihr Gewicht drückte gegen Charley, und ihr anderer Arm schlug hart in sein Gesicht. Harbin tauchte unter die Waffe, krachte mit seiner Schulter gegen Charleys Lenden und erhob sich dann, um Charley von den Füßen zu reißen und sich mit Charley auf den Sand zu werfen. Er war über Charley, packte seine Handgelenke und zog sie zurück, weiter zurück. Er sah den Revolver in Charleys Hand, sah die Finger sich langsam lösen, sah auch, wie die Waffe aus der Hand fiel; hell und blau zog sie Kurven durch die Luft und wirbelte umher und fiel auf den Sand. Harbin griff nach der Waffe. Charley verpaßte ihm einen Schlag auf den Mund. Harbin versuchte es erneut. Charley schlug ihn wieder, schlug mit der Faust gegen eine Seite seiner Hand. Harbin versuchte weiter, die Waffe zu ergreifen. Charley legte seine Hände um seine Kehle und begann ihn zu würgen.

Harbin versuchte, seinen Hals unter Charleys Händen wegzuziehen. Er konnte spüren, wie der Daumen in seine Halsschlagader stieß. Der Schmerz war tief und ragte bis zu seinen Augen. Er wußte, seine Augen begannen hervorzuquellen. Es wurde schwierig, überhaupt etwas zu sehen. Sein Mund stand weit offen, und seine Zunge hing heraus. Er versuchte, seine Arme zu bewegen, aber er hatte kein Gefühl mehr in den Armen. Alles, was er fühlte, war jetzt in seinem Kopf, und es war das Gefühl, hoch und zurück und umher und hinunter ins Nichts zu gehen. Er konnte den Himmel sehen und die Sterne, die Lichter in dem dunklen Blau, das große dunkle Blau, das langsam auf ihn zufiel und gleichzeitig von ihm weg. Dann hörte er Gladdens Stimme.

»Laß ihn«, sagte Gladden. »Laß ihn los!«

Er hörte das Grunzen, als Charley ihn weiter würgte. Er spürte, wie sein Kopf sich zur Seite neigte, und es war, als wäre sein Kopf von seinem Körper gerissen worden. Dann sah er Gladden, und im selben Moment sah er Charleys Gesicht über seinem. Er sah die Waffe in Gladdens Hand, und all das stand sehr nahe vor seinen Augen, und all das löschte den Himmel aus. Er hörte den Schuß, sah den Feuerstoß, spürte das Keuchen, hörte einen anderen Schmuß, sah nichts, spürte das Keuchen, und dann krachte ein anderer Schuß und noch einer, und Charleys Hände glitten von seinem Hals. Er sah Charleys Gesicht, sah Gladden mit dem rauchenden Revolver dastehen. Das alles war nichts als ein Moment, danach kam der Sand und schlug gegen seinen Schädel.

20

Gladden legte ihre Hände unter seine Arme. Sie sprach zu ihm, aber er verstand nicht, was sie sagte. Der Schmerz wurde sehr schlimm; er glaubte nicht, daß er aufstehen konnte. Gladden versuchte, ihn von dem Sand hochzuziehen. Seine Beine waren wie aus Gummi. Er hatte seine Augen geschlossen, und er kämpfte darum aufzustehen und versuchte zu verstehen, was Gladden sagte.

Dann konnte er es hören, da es auf die andere Seite seines Schmerzes drang. Sie sagte ihm, daß er aufstehen müßte. Auch wenn er nicht aufstehen könnte, müßte er aufstehen.

»Sie haben die Schüsse gehört«, sagte sie. »Sie kommen.«

Er plagte sich auf mit ihrer Hilfe, kam auf die Knie, sah zur Promenade hinüber. Er machte hastige Bewegungen auf der Promenade aus. Leute kamen zum Geländer, drängten sich am Geländer. Überall auf der Promenade drängten sie sich zum Geländer und versuchten zu erkennen, was die lauten Geräusche in der Dunkelheit am Strand hervorgerufen hatte. Er hatte seinen Arm um Gladdens Schulter gelegt, als sie ihn aufrichtete. Er sah hinunter und entdeckte Charley.

Das Mondlicht spiegelte sich auf Charley; es war ziemlich hell, wo es auf seinen Kopf und seine Schultern fiel. Das Mondlicht schien zu fließen, denn auch das Blut floß noch immer. Nur ein kleiner Teil von Charleys Gesicht war noch zu erkennen. Der Rest zwang Harbin, den Kopf abzuwenden. Er schaute zur Promenade. Er sah die Leute, und unter den Laternen der Promenade steuerten kleine, glänzende Gestalten auf die verschiedenen Treppen zu, die zum Strand hinunterführten. Sein Kopf trübte sich für einen Moment, und er mußte seine Augen schließen. Als er die Augen wieder öffnete, sah er den Revolver nahe bei Charley im Sand liegen. Er wandte seinen Kopf ab und sah Gladden. Sie blickte zur Promenade hinüber. Dann sah sie den Toten auf dem Sand an. Dann schaute sie wieder zur Promenade.

»Wir können nicht weglaufen«, sagte sie. »Es hat keinen Sinn wegzulaufen.«

»Wir laufen besser weg. Los!«

»Wohin?« fragte sie. »Schau!« Sie wies auf die Promenade. Überall auf der Promenade kamen sie die Treppen hinunter, die Treppe ihnen gegenüber, die Treppen an beiden Seiten, dann noch auf anderen Treppen. Harbin schaute es sich an. Er hörte das Gemurmel, die lauter werdenden Stimmen und plötzlich einen Laut, der die Stimmen durchschnitt. Das Geräusch von Trillerpfeifen. Er wußte, daß es die Trillerpfeifen der Polizei waren, und irgend etwas brachte ihn dazu, den Toten noch einmal anzuschauen. Er sagte sich, daß der Tote ein Polizist war und als Polizist identifiziert werden würde. Er wußte, das bedeutete eine sehr schnelle Entscheidung der Geschworenen, also mußten sie abhauen, sagte er sich, aber sie konnten nicht abhauen, denn wenn sie wegliefen, würden sie den Leuten und der Polizei entgegenlaufen, die von vorn und von den Seiten auf sie zukamen. Er schaute Gladden an. Sie hatte ihr Gesicht dem Meer zugewandt. Er packte ihr Handgelenk. Sein Herz begann sehr schnell zu schlagen.

»Das ist es«, sagte er. »Das ist der einzige Weg.«

»Wir müssen weit rausschwimmen.«

»Sehr weit.« Sie liefen nun, liefen auf das Wasser zu. Er konnte den Plan sehen, und als der Plan Gestalt annahm, überwand er den Schmerz und die Schwäche und lief mit Gladden auf das Wasser zu.

»Nat«, keuchte sie. »Kannst du schwimmen?«

»Du hast mich schon schwimmen gesehen.«

»Aber jetzt. Kannst du jetzt schwimmen?«

»Mach dir keine Sorgen, ich werde schwimmen.« Sie waren auf dem feuchten, schimmernden Sand, Gladden lief ihm voraus, dann wartete sie auf ihn, und er sagte: »Lauf weiter! Lauf einfach weiter!«

Sie liefen ins Wasser. Sie liefen durch das seichte Wasser, da, wo kleine Wellen an den Strand schwappten. Die Gischt der großen Wellen draußen war sehr weiß gegen die Schwärze der Nacht. Sie liefen auf die großen Wellen zu, das Wasser reichte ihnen bis zu den Knien, und vor ihnen brachen sich die Wellen. Er sah, daß Gladden noch immer den Hut trug, den neuen Hut, den sie sich in einem der Geschäfte auf der Promenade gekauft hatte. Der orangefarbene Hut stand unverkennbar gegen das dunkle Wasser. Er war direkt hinter Gladden, als sie sich unter eine Welle warf. Er folgte ihr, tauchte an ihrer Seite wieder auf und sah, daß sie noch immer den Hut auf hatte.

»Nimm den Hut ab«, sagte er. »Sie sehen ihn vielleicht vom Strand aus.«

»Ich ziehe am besten noch mehr als nur den Hut aus. Sie entfernte die Hutnadel aus ihrem Haar. »Meine Schuhe fühlen sich schwer an.«

»Warte, bis wir weiter draußen sind.« Aber er wußte, daß sie nicht sehr lange warten konnten. Seine Kleider und seine Schuhe zogen ihn hinunter. Er hatte das Gefühl, als zöge er hinter sich einen Lastwagen durch das Wasser. Er schwamm ein wenig vor Gladden, während sie untertauchte, um den orangefarbenen Hut abzunehmen und ihn sinken zu lassen. Er erinnerte sich an Zeiten, als Gladden ein Kind gewesen war und er sie in den städtischen Schwimmbädern gesehen hatte. Sie war eine geschickte kleine Schwimmerin gewesen, und Schwimmen war eine Fähigkeit, die nie verlorenging, wenn man sie einmal erworben hatte. Es half ein wenig zu wissen, daß Gladden eine gute Schwimmerin war. Er tauchte unter eine andere Welle, ging tief hinunter, dann schaute er sich um und sah, daß Gladden auf ihn zu schwamm. Er konnte ihr Gesicht sehr deutlich gegen das dunkle Wasser ausmachen. Sie grinste. Er vergaß, was sie hier draußen während der Nacht im Meer eigentlich taten, und stellte sich vor, er wäre mit Gladden hier, um Spaß zu haben und im Ozean zu schwimmen. Dann spürte er, daß seine Kleider und Schuhe ihn hinunter ins Wasser zogen, und er begriff, was er und Gladden hier draußen taten, was sie versuchten zu tun, und dann überkam ihn Panik.

Er spürte eine große Panik, weil alles um ihn herum groß war. Der Himmel war groß und das Meer. Die Wellen waren sehr groß. Ihre Kronen stiegen hoch über seinen Kopf. Der Schaum der Wellen kam wie der Schaum aus dem Maul eines Ungeheuers auf ihn zu. Er ging unter, tauchte auf, ging wieder unter und glitt unter die schwere Strömung der Wellen. Gladden tauchte an seiner Seite auf; gemeinsam gerieten sie unter die nächste Welle. Harbin schaffte es nicht, tief genug hinunterzukommen; die Wucht der Welle erfaßte ihn und brachte ihn aus dem Gleichgewicht. Er schlug auf den Meeresgrund. Panik übermannte ihn, er hatte das Gefühl, er wäre ein paar hundert Meter tief auf dem Grund. Aber als er wieder hochkam, hatte er wieder Boden unter den Füßen, und das Wasser reichte ihm bis zur Brust. Er sah zur Promenade, sah die Lichter und Farben gegen den Lichterschein und einige hastige

Bewegungen am Strand, aber das war alles. Er wollte sich auch nicht die Zeit nehmen, weiter hinüberzuschauen. Er wandte sich um und geriet in eine andere große Woge, die auf ihn zustürzte. Er sah Gladden einige Meter entfernt, sie schwamm recht gut. Er sah ihr Haar, goldenes Haar im schwarzen Wasser.

Sie schwammen durch die Wellen, wichen den Brechern aus, gerieten in tiefes Wasser und schwammen immer weiter. Sie blieben nah beieinander, konzentrierten sich ganz auf das Schwimmen. Das Meer war hier draußen ruhig. Harbin beschloß, daß es an der Zeit war, wirklich zu schwimmen, und dazu mußten sie ihre Kleider und Schuhe loswerden.

»Halt«, rief er. »Schwimm auf der Stelle.«

»Bist du in Ordnung?«

»Mir geht es gut. Zieh deine Sachen aus!«

Sie schwammen auf der Stelle, während sie ihre Kleider auszogen. Harbin hatte mit seinen Schuhbändern einige Schwierigkeiten. Er tauchte ein paarmal unter und spürte die Anstrengung, während er sich mit seinen Schuhen abplagte. Endlich hatte er die Schuhe ausgezogen, er genoß die freie Bewegung seiner Beine im Wasser. Er zog auch seine Kleider aus, zog seine Brieftasche aus der Hose, nahm die Geldscheine heraus und steckte sie tief in seine Socken, so daß er die Scheine an seinen Knöcheln und seinen Fußsohlen spüren konnte. Er hatte alle Kleider ausgezogen, bis auf die Unterhose und die Socken mit dem Geld. Er dachte an das Geld, und es war ein beruhigender Gedanke, denn er wußte, wie sehr sie Geld benötigten, wenn sie aus dem Wasser kämen.

Er fragte sich, wann sie aus dem Wasser herauskommen würden. Er fragte sich, ob sie überhaupt jemals aus dem Wasser herauskommen würden. Dieser Gedanke brachte die Panik zurück, er begann sich zu verfluchen, daß er sich gestattete, all diese Dinge zu denken. Er sagte sich, daß alles in Ordnung kommen würde. Das war die einzige Möglichkeit, wie man es sehen konnte; denn alles würde in Ordnung kommen. Er schaute Gladden an. Sie grinste. Es war das gleiche Grinsen, das sie ihm geschenkt hatte, als sie durch die Wellen geschwommen waren. Sofort, als er ihr Grinsen sah, wußte er, daß etwas mit ihrem Grinsen nicht stimmte. Es war nicht wirklich ein Grinsen. Es war mehr eine Art Grimasse.

»Gadden.«

»Ja?«

»Was ist los?«

»Nichts.«

»Sag es mir, Gladden.«

»Ich sage doch, nichts ist los.«

»Bist du müde?«

»Überhaupt nicht.« Ihr Gesicht schaukelte auf dem Wasser hin und her. Sie grinste.

»Gladden«, sagte er. »Hör zu, Gladden.« Er schwamm langsam auf sie zu. »Wir werden hier wieder rauskommen.«

»Klar werden wir das.«

»Wir schwimmen sehr weit raus. Wir müssen sehr weit rausschwimmen.«

»Weit raus«, sagte sie.

»Sehr weit raus. Sie sehen vielleicht auch auf dem Wasser nach. Sie sehen vielleicht auch weit draußen nach.«

»Ich weiß.«

»Und dann«, sagte er, »wenn wir weit genug draußen sind, kehren wir um und folgen der Küstenlinie. Das machen wir eine ganze Weile, und dann schwimmen wir auf den Strand zu.«

Sie nickte. »Ich habe es begriffen.«

»Wir schwimmen dahin«, sagte er, »wo es sicher aussieht.«

»Klar«, sie nickte. »Genauso machen wir es.«

»Ich habe das Geld bei mir«, sagte er. »Ich habe es in meinen Socken. Solange wir das Geld haben, werden wir es schaffen. Es ist eine Menge Geld. Ich weiß, daß wir es schaffen werden.«

»Nachdem wir zum Strand zurückgekommen sind.«

»Das wird nicht lange dauern.«

»Wie lange?« Für einen Moment verlor sie ihr Grinsen, dann, schnell, fand sie es wieder.

»Nicht sehr lange«, sagte er. »Wir dürfen nur nicht müde werden. Wir lassen uns Zeit, und wir werden nicht müde werden.«

»Ich bin kein bißchen müde.« Das Grinsen wurde breiter. »Ich wette, am Strand ist es jetzt ziemlich überfüllt.«

»Vollkommen.« Er wollte zum Strand schauen, aber irgend etwas sagte ihm, nicht hinzuschauen. Er wußte, daß er sehr weit entfernt lag, außerdem wollte er nicht, daß Gladden sah, daß er zum fernen Strand blickte. Er sagte: »Ich schätze, sie stehen da jetzt herum, eine ganze Menge Leute, stehen herum und denken, daß er sich wahrscheinlich selbst umgebracht hat.«

»Das ist gut«, sagte sie. »Das bedeutet, wir sind aus dem Schneider.«

»Ich bin froh, daß du nicht müde bist«, sagte er. »Schau, Gladden . . .«

»Ja? Ja?«

»Wenn du müde wirst, möchte ich, daß du es mir sagst. Hörst du?«

»In Ordnung«, sagte sie. »Ich werde es dir sagen.«

»Ich meine es auch so.« Er schwamm näher an sie

heran und musterte sie genau. »Wenn du müde wirst, ist es wichtig, daß du es mir sofort sagst. Wir müssen noch sehr weit schwimmen.«

»Okay«, sagte sie. »Laß uns loslegen.«

Sie fingen wieder an zu schwimmen. Ohne Kleider und Schuhe war es einfach; sie bahnten sich ihren Weg durch das ruhige Wasser, und nichts lag vor ihnen als die dunkle See und der dunkle Himmel, außer wenn das Mondlicht auf die See fiel. Das Mondlicht kam von einer Seite; es floß langsam mit ihnen, während sie hinausschwammen.

21

Während er schwamm und dabei immer ein wenig hinter Gladden blieb, um sie im Auge zu behalten, begann Harbin, an Della zu denken. Er begriff nicht, daß er an Della dachte. Es war lediglich so, daß Della in seine Gedanken trieb und seine Stimmung zu beherrschen begann. Immer mehr von Della kam ihm in den Sinn; er sah sie irgendwo. Es ging über alles gewöhnliche Maß hinaus.

Das war eines der vielen Dinge an Della, ihre Art, über alle Maßen ungewöhnlich zu sein. Und dabei waren die einfachen Dinge, die sie gewollt hatte, wirklich sehr gewöhnlich. Alles, was sie gewollt hatte, war, mit ihm in dem Haus auf dem Hügel zu sein, nur mit ihm dort zu sein. Es konnte nichts Gewöhnlicheres geben als das.

Das goldene Haar in dem Wasser vor ihm fiel ihm wieder in die Augen, unterbrach seine Gedanken und zerrte sanft an Della und schob sie fort. Er konnte spüren, wie es geschah, und für einen Moment wollte er nicht, daß es geschah. Er kämpfte dagegen an. Aber es geschah. Della ging und verschwand aus seinem Kopf. Er hatte seine Gedanken ganz bei Gladden.

Er rief ihren Namen. Sie hörte auf zu schwimmen, und er schloß zu ihr auf. Sie schwammen auf der Stelle.

»Was ist los?« Sie grinste ihn an.

»Ich möchte meine Arme ein wenig ausruhen.« Aber das war es nicht. Seine Arme waren in Ordnung. Er fühlte sich ganz in Ordnung, und er schaffte es, sich über den Schmerz in seinem Hals hinwegzusetzen. Er sagte: »Ich möchte dir etwas versprechen. Ich verspreche dir, daß ich niemals mehr solche Gedanken haben werde wie auf der Promenade. Ich meine darüber, uns zu stellen. Wie es da aussah, gab es einen Grund dafür, aber jetzt gibt es keinen Grund, überhaupt keinen. Sie würden uns ein riesige Anklage anhängen, und wir würden niemals wieder rauskommen.«

»Das ist ganz sicher.« Statt zu grinsen, schaute sie ihn sonderbar an. »Warum sagst du mir das?«

»Nur, damit du es weißt.«

Sie nickte: »Ich bin froh, daß du es mir sagst.« Da, plötzlich, war das Grinsen wieder da. »Wirklich, Nat, du mußt es mir nicht sagen.«

»Hör zu«, sagte er. »Stimmt etwas nicht?«

»Warum?«

»Worüber lächelst du?«

»Lächeln?« Sie kämpfte mit ihrem Grinsen, und schließlich verschwand es. »Ich lächle nicht.«

»Was macht dir Sorgen?«

»Nichts macht mir Sorgen«, entgegnete sie. »Wir schwimmen hier draußen, und nach einer Weile kehren wir zum Strand zurück.« Und wieder zeigte sie ihm dieses Grinsen, das nicht wirklich ein Grinsen war.

Dann kam sie plötzlich auf ihn zu und schlang die Arme um seinen Hals. »Halte mich«, sagte sie. »Bitte halte mich.«

Er hielt sie. Er spürte das Gewicht ihres Körpers, und er wußte, sie vergaß, auf der Stelle weiterzuschwimmen. Er hielt sie über Wasser, ihr schweres, nasses Haar drückte gegen sein Gesicht.

Sie sagte: »Ich verderbe es. Siehst du, was ich tue. Ich verderbe dir immer alles. Ich wollte immer, daß alles gut für dich ist, und ich habe immer alles schlecht gemacht.«

»Das ist nicht wahr. Ich will nicht, daß du das sagst.«

»Ich ziehe dich herunter, so wie ich dich jetzt herunterziehe. Ich habe dich immer heruntergezogen.«

»Hör auf«, sagte er. »Hör endlich auf.«

»Ich kann nicht.«

»Ich will, daß du aufhörst.«

»Den Revolver«, sagte sie. »Ich fühle noch immer den Revolver.«

»Das war die Situation. Du konntest mit der Situation nicht fertig werden.«

»Er fühlt sich schwer an. Ich kann ihn nicht loslassen.«

»Nun hör zu«, sagte er ihr. »Du mußtest den Revolver gebrauchen. Wenn du nicht geschossen hättest, wäre ich tot.«

»Das stimmt.«

»Klar«, sagte er. »Das ist die einzige Art, wie man es sehen kann.«

»Es war das einzige, was ich tun konnte. Ich mußte den Revolver benutzen.«

»Natürlich mußtest du den Revolver benutzen.«

»Um ihn zu töten«, sagte sie.

»Um ihn daran zu hindern, mich zu töten.«

»Aber schau«, sagte sie. »Ich habe ihn getötet. Ich habe ihn getötet.«

»Um meinetwegen.«

»Nein.« Sie befreite sich von Harbin, trieb zurück und hielt sich ohne jegliche Anstrengung über Wasser, so daß es aussah, als balancierte sie auf einer Plattform im Meer. »Nicht um deinetwegen. Ich dachte nicht an dich. Ich dachte an mich selbst. Nur an mich selbst. Ich wollte dich nicht verlieren, und darum tötete ich ihn. Nicht, um dich um deiner selbst willen am Leben zu erhalten, sondern um meinetwillen. Das macht die Sache eigennützig. macht sie zum Mord. Verstehst du, was ich meine? Ich habe ihn ermordet.«

»Nein. Bitte nicht . . .« Und er schwamm zu ihr und hielt sie wieder fest.

»Nein, laß mich.«

»Gladden.«

»Laß mich los.« Sie wand sich in seinen Armen. Ihr Kopf geriet unter Wasser. Sie hob ihren Kopf aus dem Wasser. »Laß mich los.« Es wurde zu einem schrillen Schrei. »Verdammt, laß mich los!« Sie hatte ihre Hände in seinem Haar und zog seinen Kopf zurück, um ihn zurückzudrängen. »Ich will nicht, daß du mich hältst. Du hältst mich, als wäre ich ein Kind und du mein Vater.«

Wasser kam in seine Augen. Er fühlte sich schwindlig, und irgendwie verlor er das Gefühl für das, was geschah. Dann sah er Gladden wegschwimmen. Sie schwamm sehr schnell. Wahnsinn lag in der Art, wie sie schwamm, weit hinaus schwamm. Er rief sie, befahl ihr, aufzuhören mit dieser wahnsinnigen Art zu schwimmen. Er nahm das Tempo wahr, mit dem sie schwamm, und wußte, daß sie es nicht lange durchhalten konnte. Eine kleine Welle traf ihn im Gesicht, und wieder bekam er Wasser in die Augen. Dann spülte noch mehr Wasser in seine

Augen, denn seine Arme pflügten durch das Wasser, Gladden hinterher.

Aber sie schwamm sehr schnell; bald verlor er sie aus den Augen. Er rief, aber keine Antwort kam. Er rief wieder und versuchte sie irgendwo auszumachen, aber alles, was er sah, war die Schwärze des Wassers und des Himmels. Plötzlich hatte er jedes Gefühl für irgendeine Richtung verloren und meinte, im Nirgendwo zu treiben. Doch dann sah er die Lichter, die schwach leuchtende Lichterkette der Promenade. Die Lichter waren sehr weit entfernt. Er konnte nicht glauben, daß sie so weit entfernt waren. Die gewaltige Entfernung zwischen sich und den Lichtern der Küste jagte ihm eine tiefe Angst ein; hastig wandte er sich von den Lichtern ab. Er rief nach Gladden.

Es kam keine Antwort. Er rief wieder. Seine Stimme machte sich auf eine einsame Reise über das Wasser und kam zu ihm zurück wie das Echo in einer Schlucht. Er schrie, so laut er konnte, und jetzt schwamm er sehr schnell, weil er wußte, daß er Gladden erreichen mußte, weil er ganz genau wußte, daß er schneller schwimmen mußte, denn Gladden war weit draußen und wurde immer erschöpfter.

Seine Augen brannten sich in die Dunkelheit vor ihm, versuchten, Gladden zu entdecken. Alles, was er sehen konnte, war Finsternis. Er schrie weiter ihren Namen, während er sich durch das Wasser vorwärts trieb. Wasser drang in seinen Mund und ließ ihn würgen. Dann, scheinbar aus großer Entfernung, hörte er einen Schrei. Es war Gladden. Sie rief seinen Namen. Ihre Stimme war sehr schwach, und er wußte, daß sie in großen Schwierigkeiten war. Er flehte sich selbst an, schneller zu schwimmen, hörte, wie Gladden ihn rief, und wußte, daß Gladden nicht klar hatte denken können, als sie von ihm fortschwamm. Doch war ihr Verstand in dem Moment zurückgekehrt, als sie in Bedrängnis geriet. Sie rief ihn, bat ihn, sich zu beeilen. Sie brauchte Hilfe. Sie ertrank.

Und dann, weit draußen, trieb etwas Goldenes im Meer. Für einen Moment war es da und dann nicht mehr. Er warf seine Arme durch das Wasser, bahnte sich seinen Weg. Er sah das goldene Haar wieder auftauchen, sah auch etwas Weißes, Dünnes an beiden Seiten ihres goldenen Haares. Es war Gladden, die ihre dünnen Arme zum Himmel ausstreckte, die zum Himmel griff, und Harbin wußte, daß Gladden wirklich ertrank.

Er wußte, daß er schneller schwamm, als er in Wahrheit schwimmen konnte. Er sagte sich, daß er Gladden erreichen würde, bevor sie unterging, und sagte es sich immer und immer wieder, während er sich vorantrieb, dorthin, wo er das goldene Haar ruhig auf dem Wasser treiben sah. Auch die Arme waren noch zu sehen, doch waren sie reglos, und immer weniger war von den Armen zu erkennen, denn der Körper sank allmählich hinunter.

Und dann konnte er nur noch Gladdens Hand über dem Wasser sehen. Die Hand verharrte einen Moment über dem Wasser, und dann ging sie unter, und vor ihm lag nur noch Dunkelheit.

Leere glitt heran. Er war in der Mitte des Nichts, hineingerissen in die Leere, durchgeschüttelt, niedergedrückt, und plötzlich wußte er um das Gefühl zu versinken. Was er dann sah, war ein flüssiges Grün, ein dunkles Grün mit Kurven von Licht, die sich ihren Weg jenseits seiner Fähigkeit zu sehen suchten. Er begriff, daß er unter Wasser schwamm, daß er hinunterging, um nach Gladden zu suchen. Er wußte, daß er tief hinunterging, und sagte sich, daß er weiter hinuntergehen mußte, um Gladden zu finden. Ein schmerzhafter Stich fuhr von seinen Augen in den Hinterkopf. Er wollte seine Augen schließen. Er hielt sie offen, versuchte, Gladden zu entdecken.

Er sah sie. Auf eine Seite gedreht trieb sie langsam nach unten; Gladden hatte ihren Kopf auf die Brust gelegt, ihre Arme waren ausgebreitet, und ihr goldenes Haar schwebte im grünen Wasser. Er schwamm hinunter und sah, daß Gladdens Arme sich auf ihn zu bewegten. Es war, als griffen ihre Arme nach ihm. Er sagte sich selbst, daß es zu spät war, daß er nichts mehr für sie tun konnte. Sie trieben sehr tief hinunter, und Harbin spürte, daß er keine Luft mehr in seiner Lunge hatte. Er sagte sich selbst, daß er sich beeilen und seinen Weg an die Oberfläche antreten müsse. Aber dann sah er Gladdens Arme, die nach ihm griffen. Es war Gladden, es war Geralds Kind, und es gab nur eine Sache zu tun, eine rechtschaffene Sache. Er tauchte hinunter zu Gladden und nahm sie und hielt sie und versuchte sie und sich mit aller Kraft hoch durch das Wasser zu bringen. Aber er schaffte es nicht, und gemeinsam gingen sie unter.

ENDE

Ein Kind, enttäuscht

David Goodis (1917–1967) wollte immer in eine überschaubare Welt zurückkehren: die Welt seiner Kindheit. Doch gleichzeitig lief er in panischer Angst vor allen Anpassungen davon: Seine lebenslange Bindung an seine Eltern paßt so gar nicht zu seinem Image als Trinker und Schläger (›nachts‹, wenn ich nicht schlafen kann, wandere ich durch Philadelphia und gerate immer zufällig in die Schlägereien anderer‹). Seine Flucht ›nach Hause‹, die er mit vielen seiner Hauptprotagonisten teilt, beginnt schon früh: Nach einer kurzen Gastrolle an der Universität von Indiana kehrt er nach Philadelphia zurück, um an der Temple-Universität ein Diplom in Journalismus zu erwerben. (›Ich wollte lernen, Ideen einfach und klar zu Papier zu bringen, diese literarischen Schleifchen und Verzierungen zu vermeiden; die Ideen in ihrer logischen Reihenfolge strukturieren.‹) Es war 1938, als er die Universität verließ, um bei einer Werbeagentur in seiner Heimatsadt zu arbeiten. Im selben Jahr schrieb er, ›mehr Hemingway als Steinbeck‹, seinen Erstling: ›Retreat from Oblivion‹; die Geschichte zweier Paare, ihre Untreue, vor dem Hintergrund der Bürgerkriege in Spanien und China. Er wurde 1939 veröffentlicht, im gleichen Jahr wie Chandlers ›The Big Sleep‹. Und wie Chandler (und auch Hammett) fühlte er sich von Pulp-Magazinen wie ›Black Mask‹ angezogen, Groschenhefte, deren Hauptstadt New York war. Hier schrieb Goodis bis zu 10 000 Worte am Tag, mehr als 5 Millionen Worte in fünfeinhalb Jahren. Die Hefte kosteten 15 Cent (oder einen Dime), der Autor bekam 1 Cent per Wort.

In diesen New Yorker Jahren versuchte sich Goodis immer wieder an ›ernsthafter‹ Literatur, doch die Ablehnungen häuften sich. Statt dessen wandte er sich dem Radio zu: ›House of Mystery‹ und ›Superman‹ gehörten zu den Serien, für die er schrieb. Als ›Dark Passage‹ 1946 als Fortsetzungsroman in der ›Saturday Evening Post‹ erschien, hatte er es endlich zu den ›Hardcovers‹ geschafft; Warner Brothers kaufte das Manuskript und gab Goodis einen Sechs-Jahres-Vertrag für Hollywood. Obwohl der Vertrag ihm sechs Monate pro Jahr als ›freier Schriftsteller‹ zusicherte, haßte er ›Tinseltown‹ bald wie viele andere Lohnschreiber der Studios – und ertränkte seinen Kummer im Alkohol. Nach Ablauf seines Vertrages kehrte er nach Philadelphia zurück, wo er weiterschrieb und sich 15 Jahre fast wie ein streunender Hund herumtrieb: seine Eltern als letzter Halt – er starb 1967, kurz nach ihrem Tod.

Goodis war wie seine Helden ambivalent, er wollte ›mehr als alles vom Leben‹: Anerkennung als Schriftsteller, Preise, eine Familie, Stütze der (guten) Gesellschaft. Das alles war selbstverständlich unvereinbar mit den Büchern, die er schrieb (und dem Leben, das er führte) – Bücher über Einzelgänger, die schon geschlagen sind, bevor ihr ›letzter Kampf‹ beginnt, und denen selbst ein Sieg nichts mehr nützen würde. Diese Sackgasse, in der sich Goodis' Charaktere befinden, entsprach seiner eigenen Perspektive, der des Außenseiters nicht aus eigenem Antrieb, sondern als fait accompli. Irgendwo in den New Yorker Jahren muß sein Glaube an etwas wie eine Gesellschaft, für die sich etwas zu unternehmen lohnte, gestorben sein. Vielleicht hatte er Roosevelts ›New Deal‹ als das entlarvt, was er wirklich war: eine wirtschaftliche Scheinblüte, die nur durch den Kriegseintritt weiterhin am Leben blieb. Eine Umverteilung fand nie statt, man schaffte nur eine breitere Lower-Middle-Class, die sich zumeist als konservatives Bollwerk verstand. Goodis nennt politische Termini nie beim Namen: Man ist entweder arm oder reich, eine Klassendurchlässigkeit gibt es nicht. Die Armen werden genausowenig idealisiert wie die Reichen: nur einige ›Crooks‹ (wie Harbin in AM ENDE DER NACHT) sind ehrlich, müssen aber auch dafür bezahlen. Dazwischen tummelt sich allerlei Treibgut: zumeist korrupte Polizisten wie Charley Hacket (AM ENDE DER NACHT) oder gebrochene Künstler wie Edward (Eddie) Webster Lynn (DOWN THERE). Die Oberschicht gibt es praktisch nicht bei Goodis (höchstens als Staffage), auch keinen religiösen oder idealistischen ›Überbau‹: die Straßen, in denen er sich selbst nachts zu verlieren hoffte, kannten keine Logik – nur Zufälle, zumeist böse.

Straßen spielen eine große Rolle bei Goodis; die meisten sind in Städten, downtown, wo man mit Alkohol und Huren ein paar Stunden Vergessen kaufen kann. (STRASSE DER VERLORENEN, Bastei-Lübbe 19131; STRASSE OHNE WIEDERKEHR, Bastei-Lübbe 13245; DER MOND IN DER GOSSE, Bastei-Lübbe 19109). Aber auch wenn die Straßen aus der Stadt hinausführen, wie von New York in die Catskill Mountains (NIGHTFALL – DIE NACHT BRICHT AN, Bastei-Lübbe 19113) oder von Philadelphia nach Atlantic City, wie in AM ENDE DER NACHT, sind sie tödlich: Vanning in NIGHTFALL verliert seinen Freund (mit dessen Frau er schläft) auf seinem Ausflug in die Berge, später geht er denselben Gangstern im jungfräulichen Schnee (als wolle Goodis einen besonders höhnischen Witz machen) noch einmal in die Falle. Aber Vanning ist ein untypischer Goodis-Held: Eine Frau gibt ihm eine zweite Chance, weil sie ihm seine absurde Geschichte glaubt. Harbin, der Einbrecher, ist wie Goodis selbst – er möchte gerne an etwas glauben, aber auf der Straße nach Atlantic City zerschießen seine Freunde Baylock und Dohmer ihm jeden Rückweg; die Polizisten, die sie am Straßenrand zurücklassen, sind eine Hypothek zuviel für ihn. Nathaniel Harbin trägt schwer an der Verantwortung für Gladden, das vierte Mitglied des Einbrecher-Quartetts. Ihr Vater Gerald war früher, viel früher, einmal Harbins Lehrmeister – bis er bei einem Einbruch erschossen wurde. Gladden ist gerade über 20, Anorexia nervosa und vaterfixiert – sie liebt Harbin; ein bißchen älter aussehend als seine 34 Jahre, paßt er in ihre Wunschrolle. Doch Harbin fühlt nur die Verantwortung – bis er Della kennenlernt. Della ist alles, was Gladden nicht ist: eine Frau und reich. Aber sie hat Hacket im Schlepptau, den korrupten Polizisten, der über Leichen geht. Als sich Harbin schließlich zu seiner (unterdrückten) Liebe für die Kindfrau Gladden bekennt (sie entspricht Goodis' Vorstellung von der Verweigerng des rollenspezifischen Alters), ist es für beide zu spät. Sie haben nur den Trost eines gemeinsamen Todes.

Goodis, der lebenslänglich in einer tristen Isolation lebte, wollte in seiner Ambivalenz sicher eine Beziehung, doch wie die Literaturpreise und der Status in der Gesellschaft waren sie unvereinbar mit seinem Ego: Er konnte sich nur mit sich selbst als Einheit sehen, alles andere waren Wunschträume außerhalb seiner Welt. Und sicher wollte er auch die Wertvorstellungen seines liberal-jüdischen

Elternhauses in sein Leben integrieren, mitsamt der snobistischen Eastcoast-Mentalität der intellektuellen Überlegenheit. Doch dafür reichte es ebensowenig: Phantasie und Infantilität, und damit auch die Unentschiedenheit der Emotionen, ließen ihn eine Scheinwelt auf dem Papier erträumen, die für das ›reale‹ Leben keine Kraft mehr ließ. Ambivalenz war David Loeb Goodis' dritter Vorname; und er hielt sich auf ›seiner‹ Seite der Wirklichkeit auf: Die Wechselwirkung war nicht eine Beeinflussung seines Schreibens durch die Realität, sondern genau der umgekehrte Weg. Wie Harbin weiß er um den eigenen Fatalismus, versucht zu fliehen, aber diese Flucht ist nur Selbsttäuschung; Goodis/Harbin verdrängen nur manchmal das Wissen, daß die Welt in ihren Köpfen stärker ist als die sogenannte Umwelt. Sie lassen beide die Personen in ihrem Umfeld glauben, daß sie die sogenannte Realität verinnerlicht haben, aber sie selbst sind sich mit traumwandlerischer Sicherheit bewußt, daß die Phanasiewelt der eigenen Traumata wirklich ihr Zuhause ist. Aber wie jedes Kind wollte Goodis manchmal nur zu gerne an die ›andere‹ Realität da draußen glauben: daran, daß sie ihn von den eigenen Alpträumen und der Isolation erlösen würde. Für ihn sah es so aus, daß sich die Realität ihm entzog, die Erlösung verweigerte. Und so ließ er seine Helden, für die Verantwortung, wie für ihn selbst, zu schwer war, allein und gebrochen zurück. Ein Ende wie das von Harbin, in den Armen von Gladden im Atlantik, erschien ihm sicher wie ein Happy-End.

Goodis, dessen Bücher 16 Jahre lang nach seinem Tod in den USA nicht mehr verlegt wurden, erlebte eine Renaissance durch den Film: Elf seiner Romane sind verfilmt worden, überraschenderweise nur vier von US-Regisseuren: Delmer Daves (›Dark Passage‹, 1947), Vincent Sherman (›The Unfaithful‹, 1948), Paul Wendkos (›The Burglar‹, 1957) und Samuel Fuller (›Street of No Return‹, 1989). Französische Regisseure (die ›Série noire‹ ist nicht umsonst in Frankreich zu Hause) fühlten sich Goodis (wie auch Jim Thompson) verpflichtet: Pierre Chenal (›Of Missing persons‹, 1956), Jacques Tourneur (›Nightfall‹, 1957), Françiois Truffaut (›Down There‹ als ›Tirez sur le pianiste‹ 1960 verfilmt), Henri Verneuil (›The Burglar‹ als ›Le Casse‹, 1971), Réne Clément (›Black Friday‹ und ›Somebody's done for‹ als ›La Course du lièvre à travers les champs, 1972), Jean-Jacques Beinex (›Moon in the Gutter‹, 1983) und Gilles Béhat (›Street of the Lost‹ als ›Rue Barbare‹, 1983). Während Henry Verneuils Verfilmung von ›The Burglar‹ so gut wie nichts mit Goodis' Vorlage gemein hat, gilt Paul Wendkos' gleichnamiger Film von 1957 als Klassiker. Nicht zuletzt, weil dies der einzige Film ist, für den Goodis selbst das Drehbuch schrieb. (Mit Dan Duryea als Harbin und einer sehr jungen Jayne Mansfield als Gladden.) Daß Goodis heute nicht nur im anglo-amerikanischen Bereich gelesen wird, ist sicher auch auf diese Verfilmungen zurückzuführen. Aber das erklärt nur einen Teil.

Goodis' Romane, die man nur als ›sordid‹ (schmutzig, verkommen, wie es im Lexikon heißt) bezeichnen kann, stehen im totalen Widerspruch zu unserer Plastikwelt, in der Konsumdenken längst auch Freizeit und Urlaub besetzt hat. Seine Verzweiflung über die Unmöglichkeit, seine kindliche Ich-Welt mit solch einer realen Außenwelt zu versöhnen, hat ihre sozialen wie individualpsychologischen Ursprünge. Doch über derartige Erklärungen hinaus gibt es in seinen Romanen immer wieder Momente, die sich jeder Deutung entziehen. Er teilt die brutale Direktheit einer Auseinandersetzung, die sich von fast poetischem Zärtlichkeitsverlangen abhebt, mit Jim Thompson, der wegen Trunksucht aus der KP der USA ausgeschlossen wurde: Für beide war die Kreation schizoider Protagonisten der einzige Ausweg, den eigenen Leidensdruck zu kanalisieren. Die Worte allein waren dabei nicht ausreichend; nur die Syntax gibt Goodis' Zustand wieder: eine totale Passivität, in der die Räume, Möbelstücke und selbst das Wetter den Zwang des Subjekts ausüben und der Hauptprotagonist im wahrsten Sinne des Wortes zum Objekt wird. Dieses Erleiden von materieller Realität, wo alles erinnert oder traumatische Schatten in die Zukunft wirft, ist bei Goodis zu einer eigenen Sprache geworden: ›Der leere Raum schaute auf ihn zurück.‹ Besser kann man den Verlust von Identität nicht ausdrücken. Diese wortgewordene Statik steht dabei nicht im Widerspruch zur Symbolik der Straßen und Autos: Sie sind eben nur beweglichere Fallen.

Wenn Harbin (auf der letzten Seite des Buches) im Wasser nach Gladden sucht, schwimmt er durch ein Nichts, das ihn in sich hineinzieht. Lakonisch kann er noch feststellen, daß er keine Luft mehr in seinen Lungen hat. Aber endlich kann er sich seiner Verantwortung stellen: Gladden, eine Tochter, DIE Tochter, das weibliche Pendant zu seiner Peter-Pan-Identität, soll gerettet werden. Gegen besseres Wissen (›er wußte, daß er nichts mehr für sie tun konnte‹). Aber sie ist Gladden, Geralds Tochter. Was er im Leben nicht realisiert hat, sie zu lieben und zu beschützen, holt er in den wenigen gemeinsamen Sekunden nach. Der Verantwortung, die ihm das Elternhaus auferlegte, fürchtete Goodis nur in der eigenen Vernichtung nachkommen zu können. Wir wissen nichts Genaues von Affären oder Freundschaften. Wir wissen nur, daß er gegen seinen Tod anschrieb: allein, und ohne Verständnis für die Gesellschaft, die ihn umgab. Weder für sich noch für sie konnte (oder wollte) er sich eine Alternative vorstellen. Und so blieb er ein unschuldiges Kind, das nur sich selbst quälte.

André Simonoviescz

Ausgewählte Filmographie: Fluchtfilme

Als Delmer Daves 1947 ›Dark Passage‹ mit Humphrey Bogart und Lauren Bacall verfilmte, wußte niemand, daß dies der letzte gemeinsame Film des (inzwischen) verheirateten Paares sein würde. Obwohl als ›film noir‹ intendiert, ist das romantische Element der Geschichte im Film ungleich stärker als im Buch: Bogart und Bacall ›spielten‹ nicht nur ein Paar, sie WAREN es. Dabei hat Daves Goodis sehr authentisch verfilmt: Wenige Hollywoodfilme erlaubten es dem männlichen Star, für eine halbe Stunde ›gesichtslos‹ zu bleiben – Bogarts Kopf war nach einer Gesichtsoperation total bandagiert. Ein zentrales Goodis-Thema entfaltet sich: der Held ist immer einen Schritt langsamer als das Schicksal (hier die Mörderin seiner Frau). Sehr brutal auch der Mord an Bogarts Freund, seinem möglichen Alibi; hier wird nichts der Phantasie überlassen: Sterben ist eine harte Sache. Als die Mörderin endlich überführt ist, springt sie aus dem Fenster, Bogart muß weiter fliehen, diesmal auf eine ferne Insel, wo ihn Bacall, wie beiläufig, wiedertrifft. Die Nonchalance des Treffens steht in einem starken Gegensatz zu den Gefühlen, die von der Leinwand transzendieren. Die Intensität der beiden Hauptprotagonisten bleibt auch als stärkster Eindruck zurück, womit der ›authentische‹ Goodis trotz Daves' Bemühungen etwas auf der Strecke bleibt. Aber nur ganz eingefleischte Goodis-Fans werden sich beklagen; noch heute kann man es knistern hören und sehen: Bacall/Bogart als sie selbst, lebendiger als das Leben.

Zehn Jahre später verfilmte der von Kritikern sehr unterschätzte Jacques Tourneur (1904–1977) ›Nightfall‹. Mit ›Out of the Past‹ (1948) hatte Tourneur den absoluten ›film noir‹ gedreht, und diese Goodis-Verfilmung steht dem wenig nach: Der Emigrant Tourneur konnte sich mit Goodis' Denkweise identifizieren – beide waren Fremde in Hollywood. Vanning (Aldo Rey) hat Angst vor Licht; zu Beginn des Films erschreckt ihn eine Neonreklame, die plötzlich angeht, einige Minuten später reagiert er ebenso traumatisiert auf Autolampen, in deren Lichtstrahl er sich plötzlich befindet. Danach bewegt sich der Film nur noch in grellem Licht oder totalem Dunkel: Vanning hat Amnesie, er ist sich nicht sicher, ob er Täter oder Opfer ist. In den (gleißend-hellen) Rückblenden, die Vanning immer wieder aus der Sicherheit seines dunklen LA-Apartments herausreißen, erfährt der Zuschauer Vannings Geschichte: Mit einem väterlichen Freund (dem gegenüber er Schuldgefühle hat, weil er mit seiner jüngeren Frau schläft) reist Vanning zu einem Anglerurlaub in die Catskill-Berge. Dort treffen sie zwei Gangster, die gerade eine Bank überfallen haben. Die Gangster töten seinen Freund und versuchen, ihn mit diesem Mord zu belasten. Doch Vanning ist mit ihrer Beute geflohen – deren Versteck er mit dem Rest des Geschehens ›verdrängt‹ hat. Ein Versicherungsinspektor ist ihm auf der Spur, Marie (Anne Bancroft) will ihm mit einer Reise in die Berge beweisen, daß er unschuldig ist. Dort, im frischen Schnee, warten die Killer auf die drei: Das blendende Weiß verhilft Vanning und Marie schließlich zum Überleben; die Gangster fallen übereinander her. Wie schon in ›Dark Passage‹ spart Goodis nicht mit brutaler Gewalt: die Szene, in der die Gangster Vanning an einer Ölpumpe foltern, gehört dabei zu den subilsten des Genres. Vanning stolpert aus dem Licht immer wieder in die Schatten seiner Wohnung, in der er sich verstecken will. Marie treibt ihn in die Konfrontation im Schnee; Vannings Flucht wird erst in einer (zweiten) Konfrontation beendet. Tourneurs Film zeigt diese Flucht als traumatische Bewegung, die viele Goodis-Helden gemein haben: zurück ins Dunkle, wo man nicht gesehen wird.

Auch ›Eddie‹ Webster Lynn, ein verkrachter Konzertpianist, flieht vor seiner Vergangenheit in den Schnee. in François Truffauts ›Tirez sur le pianiste‹ (1960) ist Goodis' ›Down There‹ nach Frankreich verlegt worden. Charles Aznavour (der im Film Charlie Koller genannt wird und früher Edouard Saroyan hieß) gerät zwischen alle Fronten. Sein Bruder Chico (Albert Remy) wird von Gangstern gesucht, er stolpert in die Bar, in der sein Bruder Charlie versucht, Eduoard Saroyan zu vergessen. Der hat nämlich seine Frau Therèse (Nicole Berger) in den Tod getrieben, weil er ihr ein intimes Verhältnis mit seinem Agenten nicht verzeihen konnte (oder wollte). In ›Mammy's Bar‹ lernt Charlie die Kellnerin Lena (Marie Dubois) kennen und lieben. Doch als er mit ihr ein neues Leben beginnen will, ist es schon wieder zu spät: Die Gangster entführen seinen jüngeren Bruder Fido und erschießen Lena in einer idyllischen Schneelandschaft in den Bergen. Charlie flieht per Auto, zu Fuß, und (wie Vanning) in das halbdunkle Zimmer, aus dem Lena ihn ins Leben zurückzerren wollte. Doch für Charlie ist alles ein einziges Déjà vu: Als Lena den Abhang vor dem Haus der Saroyans in den Bergen hinunterrollt, wird sie zu Therèse, die sich vom Balkon gestürzt hat – ›Down there‹. Das Licht in ›Tirez sur le pianiste‹ ist nicht so gleißend hell oder dunkel, der Schnee ist etwas matschig, und Aznavour ist ohne Aussicht auf eine Zukunft: Seine Flucht ist die hoffnungsloseste aller Goodis-Protagonisten; während seine ›Opfer‹ sterben, muß er immer wieder von vorne anfangen. Als er in ›Mammy's Bar‹ zurückkehrt, gibt es eine neue Kellnerin . . .

Schnee gibt es nicht in René Clements ›La course du lièvre à travers les champs‹ (›Treibjagd‹), doch in dieser Kombinatiuon von Goodis' ›Black Friday‹ und ›Somebody's done for‹ ist für den Gangster eine Insel vor der kanadischen Küste die letzte Station. Sebastian Japrisot, der 1982 seinen eigenen Roman ›L'été meurtrier‹ für Jean Backers gleichnamigen Film (›Ein mörderischer Sommer‹) in ein Drehbuch verwandelte, ist in der Lage, Goodis' Ausweglosigkeit mit französischer Eleganz umzusetzen. Jean-Louis Trintignant ist ein französischer Ex-Pilot, der bei der Notlandung mit einem Privatflugzeug in eine Gruppe Zigeunerkinder gerät, die friedlich am Strand spielen, und viele tötet. Der Zigeunerclan verfolgt ihn um die halbe Welt, doch schließlich kommen die Gangster den Zigeunern zuvor: sie verschleppen ihn auf besagte Insel, wo die Gangster unter Robert Ryans Führung die Entführung einer Kronzeugin der Polizei aus einem Hospital planen. Trintignant verdankt sein Leben Ryans Partnerin, von Lea Massari als katzenhafte Mischung aus Femme fatale und ›Gangstermoll‹ gespielt: Sie allein vertraut ihm. Clement/Japrisot spielen geschickt Goodis' Fatalismus aus: Trintignant könnte mit Massari fliehen – doch er überläßt sich dem Zufall. Der Ausgang ist klar; das Kidnapp-Opfer ist schon lange tot, die Bande wird seit Wochen von der Polizei überwacht. Am Ende kreisen Polizei und Zigeuner die Insel ein; Trintignant und Ryan liegen halbtot, aber voller Galgenhumor, in der letzten Einstellung auf der Treppe. Der Witz ist, sie wissen noch immer nicht, wer sie zuerst erwischen wird . . . Clements Film ist in seinem ironischen Fatalismus trotz der ästhetischen Eleganz vielleicht die sensibelste filmische Goodis-Umsetzung eines französischen Regisseurs. Er versteht die Weite der kanadischen Landschaft so einzusetzen, wie Goodis es sich vorgestellt haben könnte. Das Flucht-Syndrom ist jedenfalls in keiner anderen Verfilmung so präzise realisiert worden.